वह कहाँ है?

वह कहाँ है?

नरेन्द्र कोहली

वाणी प्रकाशन

वाणी प्रकाशन

4695, 21-ए, दरियागंज, नयी दिल्ली 110 002

शाखा

अशोक राजपथ, पटना 800 004

फ़ोन : +91 11 23273167 फ़ैक्स : +91 11 23275710

www.vaniprakashan.in

vaniprakashan@gmail.com

WAH KAHAN HAI?

by Narendra Kohli

ISBN : 978-93-5072-900-7

Satire

प्रथम संस्करण 2015

मूल्य : ₹ 195

हर्ष प्रिंटर्स, दिल्ली-110 093 में मुद्रित

वाणी प्रकाशन का लोगो मक़बूल फ़िदा हुसेन की कूची से

भूमिका

पिछले कुछ वर्षों से मेरा स्फुट व्यंग्य-लेखन प्रायः स्थगित है। इन वर्षों में या तो उपन्यास ही लिख पाया हूँ, अथवा आवश्यक होने पर व्यक्तिगत निबन्ध। अपनी सृजन-प्रक्रिया में होते हुए इस परिवर्तन से परिचित तो हूँ, किन्तु उस पर मेरा वश नहीं है। जीवन के अनुभवों के गहरे और विस्तृत होने के साथ-साथ या तो छोटी रचनाएँ भी बहुत कुछ कहने की आवश्यकता की मजबूरी में खिंचकर लम्बी होती जाती हैं, या किसी उपन्यास के लेखन में लगे होने के कारण छोटी रचनाओं के विचार स्वयं ही टल जाते हैं, या मैं ही उन्हें टाल देता हूँ। यह तो जानता हूँ कि 'कथा' तथा 'व्यंग्य' दोनों तत्त्व मेरे भीतर ऊधम मचाते रहते हैं, किन्तु लौटकर फिर छोटी कहानियों तथा छोटे व्यंग्यों पर आऊँगा, या अब उपन्यास तथा व्यंग्य-उपन्यास ही लिखूँगा—यह कहना कठिन है।

अपनी व्यंग्य-रचनाओं में से 'श्रेष्ठ' का चुनाव कैसे करूँ? श्रेष्ठ रचनाएँ किन्हें मानूँ, जो मुझे प्रिय हैं या जो प्रशंसित हुई हैं? जो लोगों का मनोरंजन करती हैं या जो प्रखर प्रहार करती हैं? जिनमें बात कटु है या जिनका शिल्प नया बन पड़ा है?

मुझे लगता है कि लेखक एक सीमा तक ही अपनी रचनाओं के प्रति तटस्थ हो सकता है। फिर भी उसके लिए अपनी रचनाओं में से कुछ का चुनाव असम्भव हो, ऐसी बात नहीं है, क्योंकि अन्य लोग भी तो अपने पूर्वाग्रहों से मुक्त नहीं हो पाते। इसलिए मेरा ही चुनाव क्या बुरा है! अतः मैंने बिना किसी से पूछे, अपने-आप अपनी रचनाएँ छाँट डाली हैं। वे रचनाएँ श्रेष्ठ हैं या नहीं, इसका निर्णय मैं नहीं कर सकता। मैं तो केवल यह कह रहा हूँ कि अपनी रचनाओं में से चुनाव मैंने अपनी इच्छा और पसन्द से किया है। 'श्रेष्ठता' के साथ मैंने प्रतिनिधित्व का भी ध्यान रखा है। प्रयत्न किया है कि विषय, शिल्प तथा तकनीक के वैविध्य को भी महत्त्व दूँ।

व्यंग्य को स्वतन्त्र विधा मानने के विरुद्ध सबसे बड़ी आपत्ति यह है कि व्यंग्य आज विभिन्न विधाओं में लिखा जा रहा है—कविता में, कहानी में, निबन्ध में, उपन्यास में, नाटक में। किन्तु ऐसी आपत्ति करने वाले भूल जाते हैं कि कथा-साहित्य भी महाकाव्यों में लिखा गया, नाटकों में लिखा गया, बृहत् उपन्यासों, लघु उपन्यासों, कहानियों तथा लघुकथाओं में लिखा गया। कविता महाकाव्य, खंडकाव्य, काव्य, गीत, नाटक इत्यादि छोटे-बड़े अनेक रूपों में लिखी गयी। नाटक पद्य-रूपक, गीति-काव्य, स्वतन्त्र नाटक, एकांकी इत्यादि रूपों में लिखा गया।

इन सारी विधाओं पर विचार करने से, सहज ही यह निष्कर्ष निकलता है कि विधा की दृष्टि से साहित्यकार के व्यक्तित्व का मूल तत्त्व ही निर्णायक तत्त्व है : जो व्यंग्य के सन्दर्भ में साहित्यकार का सात्विक, सृजनशील तथा कलात्मक, वक्र आक्रोश है। इतनी बात हो जाने के पश्चात, आगे का वर्ग-विभाजन भी किया जा सकता है कि व्यंग्य की कैसी रचना को, शुद्ध व्यंग्य माना जाये और किस रचना के साथ अन्य विधाओं का मिश्रण होने के कारण किसी अन्य विशेषण की आवश्यकता होगी।

हिन्दी के व्यंग्य-साहित्य को देखें तो यह बात स्पष्ट हो जाती है कि स्वतन्त्रता-प्राप्ति के बाद से, सामाजिक-राजनीतिक विसंगतियों के कारण, भारतेन्दु-युग के पश्चात्त व्यंग्य का टूटा हुआ सूत्र न केवल फिर से पकड़ा गया, वरन् नवीनता और निखार के साथ दृढ़ किया गया। 'व्यंग्य संकलन' के नाम से पुस्तकें छपीं, उनमें ऐसे व्यंग्यात्मक निबन्ध थे, जो न तो निबन्ध की परम्परागत परिभाषा में आते हैं, न कहानी की। हिन्दी के स्वातन्त्र्योत्तर व्यंग्य साहित्य की रीढ़ ये रचनाएँ ही हैं, और इन्हीं रचनाओं ने व्यंग्य को हिन्दी साहित्य में स्वतन्त्र विधा के रूप में प्रतिष्ठित किया। इस मूल विधा की परिधि पर व्यंग्य-कथाएँ, व्यंग्य-उपन्यास तथा व्यंग्य-नाटक स्थापित हुए।

कविता में भी व्यंग्य लिखे अवश्य गये, किन्तु कवि इस विधा की स्वतन्त्रता के विषय में इतने गम्भीर दिखाई नहीं पड़े, जितने कि गद्य-लेखक। व्यंग्य-कवियों की महत्वाकांक्षा कवि बनने की ही रही, गद्य में लिखने वाले व्यंग्यकारों की, व्यंग्यकार बनने की।

कुछ अतिरिक्त शास्त्रीय समीक्षक व्यंग्य को केवल एक 'शब्दशक्ति' के रूप में ही स्वीकार करते हैं। मुझे यह मानने में कोई आपत्ति नहीं है कि हिन्दी साहित्य के रीतिकाल तक, व्यंग्य या तो एक शब्दशक्ति था, या अन्योक्ति, वक्रोक्ति अथवा समासोक्ति जैसा अलंकार। किन्तु समय और परिस्थितियों के परिवर्तन के साथ विधाओं का विकास भी होता है, और नयी विधाओं का निर्माण भी। हम व्यंग्य को आज के सन्दर्भ में देखें तो पाएँगे कि आज के व्यंग्य-उपन्यासों, व्यंग्य-निबन्धों, व्यंग्य-कथाओं तथा व्यंग्य-नाटकों में व्यंग्य के शब्दशक्ति अथवा अलंकार मात्र नहीं हैं। उसका विकास हो चुका है और वह शास्त्रकार से माँग करता है कि वह व्यंग्य-विधा के लक्षणों का निर्माण करे।

किसी विधा को एक ही भाषा के सन्दर्भ में देखना भी उचित नहीं है। सम्भव है कि यह कहा जा सके कि अमुक भाषा में व्यंग्य नहीं है। किन्तु संसार की किसी भाषा में व्यंग्य अथवा 'सैटायर' स्वतन्त्र विधा ही नहीं है, और वह स्वतन्त्र विधा हो ही नहीं सकता, ऐसा कहना मुझे उचित नहीं जँचता।

—नरेन्द्र कोहली

अनुक्रम

संस्कृति से बिछुड़ने का रोग

बच्चा रात-भर नहीं सोया। थोड़ी देर सोता भी तो फिर जागकर रोने लगता। रोता तो बहुत जोर से रोता। वह इतना रोया कि मुझे शक हो गया कि उसके भीतर किसी बहुत ही सबल राष्ट्रीय आत्मा का निवास है। क्योंकि, इतना अधिक तो देश की दुर्दशा पर रोने वाले भी बहुत मुश्किल से ही रोयेंगे। मैं रात-भर सोचता रहा कि बच्चा यदि इस अभ्यास को बनाये रखेगा तो उसे पर-राष्ट्र मन्त्रालय में एक अच्छी-सी नौकरी मिल सकती है। वे लोग उसे संयुक्त राष्ट्र में अपने देश का पक्ष लेकर रोने की नौकरी दे सकते हैं। विदेशों में अपने देश के लिए चन्दा इकट्ठा करने के लिए रोने का काम सौंप सकते हैं या फिर शत्रु-राष्ट्रों के दूतावासों के गेट पर बैठकर निरन्तर रोने की ड्यूटी लगायी जा सकती है। पर पता नहीं वह बड़ा होने तक इसी प्रकार रो भी सकेगा कि नहीं।

सुबह मैं बच्चे को अपने वैद्यजी के पास ले गया। सुबह-सुबह ही मेरे मन में यह सन्देह जागा था कि बच्चा अभ्यास से नहीं, किसी रोग की पीड़ा से रोता रहा है। अच्छा था कि वैद्यराज को दिखा ही लिया जाये।

वैद्यराज बड़ी देर तक उसकी नब्ज पकड़कर बैठे रहे और आँखें मिचमिचाते रहे और मैं डरता रहा कि कहीं वे भी न रो पड़े। पर वे रोये नहीं। थोड़ी देर बाद बड़ी करुण आवाज में बोले, "इस बालक को अपने देश की संस्कृति से बिछुड़ जाने का रोग है।"

मैंने मन-ही-मन अपने घर में पड़ी हजारों रुपयों की मेडिकल बुक्स को तीली दिखायी और पूछा, "यह कौन-सा रोग है, महाराज?"

"होता है, यह भी एक होता है।" वे अपने हाथ की अँगूठी को फिराते हुए बोले," अभी बताता हूँ कि यह क्या होता है।"

फिर वे थोड़ी देर तक सोचते रहे कि वह क्या होता है और तब बोले, "हम अपने देश की संस्कृति से इतनी दूर चले आये हैं कि हमारे यहाँ पैदा होनेवाले बच्चों की आत्माएँ भूखी रह जाती हैं। जिस प्रकार बच्चे का भूखा पेट रोता है, वैसे ही बच्चे की भूखी आत्मा भी रोती है।"

"इसका उपचार क्या है, महाराज?" मैंने पूछा।

वे बोले, “उपचार भी करता हूँ।”

वैद्यराज अपने स्थान से उठकर दुकान के पिछवाड़े में स्थित अपने घर में चले गये। मैं यह सोचकर बैठा रहा कि वैद्यराज का लंच-टाइम हो गया होगा। भोजन पा लेंगे तो आ जायेंगे। सोचा, मैं भी उनके कुछ चूर्ण और भस्म खाकर सो रहूँ। पर कैसे सोता, बच्चा मेरी गोद में लेटा, मुझे बिटर-बिटर देख रहा था। मैं यदि सोने का प्रयत्न करता तो वह रोने लगता।

वैद्यराज बहुत जल्दी लौटे। उनके हाथ में बहुत पुराना-सा एक ग्रामोफोन था। यह शायद ग्रामोफोन का सबसे पुराना मॉडल था। उन्होंने ग्रामोफोन में धड़ाधड़ चाबी दी और ढूँढ़-ढाँढ़कर एक पुराना सड़ा-सा रिकार्ड उस पर लगा दिया।

रिकार्ड में से शास्त्रीय संगीत की री-री, टींटीं निकली तो बच्चे ने चौंककर गर्दन उठा दी।

वैद्यराज ने ताली बजायी, “देखो, संस्कृति का पान कर रहा है।”

और थोड़ी ही देर में बच्चा बोर होकर सो गया।

मैं भौंचक होकर कभी वैद्यराज को देख रहा था और कभी बच्चे को। जो बच्चा रात-भर नहीं सोया था और चीखता रहा था, उसे शास्त्रीय संगीत ने कितनी जल्दी सुला दिया। मुझे उसकी विदेश मन्त्रालयवाली नौकरी पर यह बड़ा भारी खतरा लगा। उसे जहाँ कहीं भी रोनेवाली नौकरी पर भेजा जायेगा, वहाँ शत्रु शास्त्रीय संगीत से उसे सुला देंगे।

“यह कैसे हुआ, महाराज?” मैंने पूछा।

“आत्मा तृप्त हो गयी।” वैद्यराज बोले।

“मैं शास्त्रीय संगीत की इस शक्ति से परिचित नहीं था, महाराज!” मैं बोला, “पर यदि यह इतनी बड़ी स्लीपिंग पिल है तो पुराने राजा-महाराजा लोग जरूर अनिद्रा रोग के रोगी होते होंगे, जो गायकों को अपने दरबारों में रखते थे।”

“नहीं, उसका कारण दूसरा था।” वैद्यराज ने प्रकाश डाला, “वे लोग अनिद्रा रोग के रोगी नहीं थे। वस्तुतः वे लोग अपने दरबार के इन गायकों के संगीत के माध्यम से दरबारियों को सुलाकर या उनींदा करके अपनी बात मनवा लिया करते थे। दरबार में सोने की परम्परा का शुभारम्भ उन्हीं दिनों हुआ था। तभी तो आज भी लोग संसद भवन में जाकर सो जाते हैं। एक उपयोग और भी था। जिस प्रकार राजा लोग विष-कन्या पालते थे, पहलवान पालते थे, उसी प्रकार गायकों को भी पालते थे, ताकि अपने शत्रुओं को अपने गायकों के आलापों से सुला दें। और बाद में तो बाजी ही पलट गयी थी...”

वे अपनी बात बीच में ही छोड़कर हँसने लगे।

मैंने ग्रामोफोन में और भी चाबी भर दी ताकि देश की संस्कृति चलती रहे और बच्चा सोया रहे, कहीं ऐसा न हो कि वैद्यराज की हँसी से वह जाग जाये और मेरा ज्ञान अधूरा ही रह जाये।

"बाजी कैसे पलट गयी थी?" मैंने पूछा।

"हुआ यह कि गायकों को अपने संगीत का मूल्य ज्ञात हो गया और उन्होंने अपने ही राजा को सुलाने की धमकी दी। तानसेन ने अपना अभ्यास अकबर के सामने करना आरम्भ कर दिया और अकबर सदा ही उनींदा रहने लगा। उन्हीं दिनों उसके उनींदेपन से लाभ उठाकर शहजादा सलीम विद्रोह कर बैठा था। तब अकबर ने तानसेन को बहुत समझाया। उसे बहुत सारा धन दिया और उसे बीरबल के साथवाला कमरा दे दिया। उससे उसे दुहरा लाभ हुआ। एक तो फिर तानसेन ने उसे सुलाया नहीं और दूसरे, बीरबल बहुत ज्यादा सोने लगा और अकबर को राज-काज के लिए अधिक समय मिलने लगा, नहीं तो 'आइने अकबरी' में भी अकबर को चुटकुले ही लिखवाने पड़ते। औरंगजेब ज्यादा चालाक था, उसने अपने दरबार में ही नहीं, अपने आसपास कहीं भी कोई गायक नहीं रहने दिया था।"

"पर यह संस्कृति से बिछुड़ने का रोग कब से चला है?" मैंने बात बदल दी।

"औरंगजेब के समय से ही चला है। उसने सारे जीवन में एक बार भी संगीत नहीं सुना था। पर अब यह रोग जड़ से समाप्त हो जायेगा।" उनके नयनों में तेज उतर आया, "मैं इसे जड़ से उखाड़ दूँगा। मैंने संगीतमयी गोलियाँ बनायी हैं। एक गोली खा लो, आत्मा तृप्त होकर सो जाती है। मैंने कालिदास के नाटकों का भस्म बनाया है, कथाकली का चूर्ण बनाया है। कोई चीज नहीं छोड़ी। संस्कृति का प्रत्येक तत्व मैंने अपनी औषधियों में प्रस्तुत कर दिया है। अब कोई भी राष्ट्रीय आत्मा भूखी रहकर रात-भर नहीं रोयेगी। रोनेवाली आत्माएँ, स्वतन्त्रता से पहले-पहले ही मर गयी। अब सारी आत्माएँ मेरी औषधियाँ खाकर संस्कृति से भरपूर होकर सो जाती हैं। मैंने देश के हर बड़े नेता को, जिला लेबल तक शास्त्रीय संगीत की गोलियाँ खिलायी हैं और हमारा हर नेता सो रहा है। सोना हमारी संस्कृति है। है न चमत्कार। देखोगे?" उन्होंने मुझसे पूछा।

मैं बिना कुछ समझे, उनकी ओर देखता रहा और उन्होंने शीशी से एक गोली निकाली, अपने मुँह में डाली और कुर्सी पर ही सो गये।

संकट और संस्कृति

मैंने तो केवल एक गंजी पत्नी का पति होने से बचने का प्रयत्न-भर किया था, पर कैंची चल गयी भारतीय संस्कृति पर। बात मेरी समझ से परे है, पर है यही बात। भारतीय संस्कृति को व्यर्थ इधर-उधर टाँग अड़ाते फिरने की बड़ी बुरी आदत है। जहाँ कहीं कैंची, चाकू, छुरी चलती है—वही बीच में संस्कृति आ धँसती है। परिणाम यह होता है कि और किसी को तो कुछ होता नहीं, व्यर्थ ही संस्कृति घायल होती रहती है। नंगे पैर रहें तो पैरों को कष्ट होता है, कपड़े के जूते पहनें तो जेब को कष्ट होता है, क्योंकि पैसे अधिक खर्च होते हैं और यदि चमड़े के जूते पहनें तो हमारी संस्कृति को कष्ट होने लगता है।

हुआ यूँ था कि मेरी पत्नी के बाल रोज-रोज झड़ते जा रहे थे और वह गंजी होती जा रही थी। एक ओर मैं प्रसन्न भी था कि अब मुहल्ले के लोग उसे कम घूरेंगे तो दूसरी ओर इस आशंका से भी पीड़ित था कि लोग मुझे गंजी स्त्री का पति कहेंगे। और मेरी पत्नी जी-जान से इस बात में जुटी हुई थी कि किसी प्रकर लोगों को यह पता न चले कि वह गंजी हो रही है। उसके लिए वह दिनभर हेयर-हंटिंग करती थी। कभी बाजार से बने-बनाये जूड़े लाती थी और कभी पड़ोस के बच्चों की माँओं से, बच्चों की कंघी करने में निकले हुए बाल माँग लाती थी।

जब मेरी पत्नी सौन्दर्य-प्रसाधनों के नाम पर गन्दी चीजों के संकलन पर उतर आती है तो मेरी फैशन-बुद्धि जाग पड़ती है। मैंने उसे सुझा दिया कि वह अपने बाल कटवा ले। फैशन के नाम पर वह पराभूत हुई और जाकर बाल कटवा आयी। मुहल्ले की स्त्रियों ने उसकी बुद्धि पर काफी आँसू बहाये कि उसने अपना अच्छा-खासा रूप बिगाड़ लिया और पश्चात्ताप में अगले ही दिन और आधी दर्जन औरतें जाकर अपने-अपने बाल कटवा आयी।

जब यह सब हो रहा था और मैं अपनी पत्नी का मौरल ऊँचा बनाये रखने के लिए उसके प्रति अपना प्यार जताने पर पिछले कार्यक्रम से दुगुना समय लगा रहा था, पत्नी के सामने दूसरी बाल-कटी स्त्रियों का मजाक उड़ा रहा था और

उनके मुँह पर उनकी प्रशंसा कर रहा था—तब मैं यह नहीं जानता था कि इसका परिणाम क्या होगा। गीता में निष्काम कर्म का उपदेश देते हुए भी भगवान कृष्ण नहीं जानते थे कि महाभारत का परिणाम क्या होगा। हुआ क्या, संसार का नाश हुआ, यदु कुल समाप्त हुआ और यदु कुल की स्त्रियों को अमीर लोग लूटकर ले गये। और मेरे साथ क्या हुआ : मुहल्ले के आधा दर्जन भले लोगों से, (उनकी स्त्रियों को बाल कटाने के लिए प्रोत्साहित करने के अपराध में) लड़ाई हो गयी और भारतीय संस्कृति पर कैंची चल गयी, वह अलग।

भारतीय संस्कृति पर कैंची चलने का पता मुझे काफी देर बाद चला। मेरे एक मित्र है। हमारे नगर में भारतीय संस्कृति की सोल एजेंसी उन्हीं के पास है। बहुधा वे थोक के भाव, उसे लोगों की भेंट चढ़ाते रहते हैं। उस दिन भी संस्कृति का कोई मोटा-मोटा पैकेट देने आये थे कि मेरी पत्नी को देखकर भौचक रह गये। बड़ी करुण वाणी में बोले, "भाभीजी! आपने क्या कर डाला? आपने अपनी संस्कृति क्यों छोड़ दी?"

मैं अपनी पत्नी के बचाव को आया। एकदम मूर्खों के समान बोला, "बाल कटवाये हैं, संस्कृति तो नहीं छोड़ी।"

पर मैं समझ गया कि संस्कृति पर कैंची चल चुकी थी।

यारों ने एक दिन पकड़ा और कैबरे नाच दिखाने ले चले। मैं बहुत छटपटाया। बोला, "भई मैं शरीफ आदमी हूँ। मुझे क्यों पाप के पंक में घसीटते हो। बीवी-बच्चेवाला आदमी कैबरे देखता अच्छा नहीं लगता।" पर वे लोग नहीं माने। उल्टे मुझ पर खूब हँसे। कहने लगे, "देखो साले को! एडवांस्ड इतना है कि बीवी समेत मुहल्ले की सात औरतों के बाल कटवा दिये और अब कैबरे देखते हुए, हनुमानजी का भक्त ब्रह्मचारी बन जाता है।"

मेरी एक न चली। यारों ने कैबरे नाच दिखाया। कनाट प्लेस में बैठाकर मुर्गा खिलाया और घर लाकर शराब पिलायी। किसी बात से उन्हें रोक नहीं पाया। पत्नी के बाल जो कटवा दिये थे।

पर सबसे बड़ा झटका मुझे स्वयं मेरी पत्नी ने दिया। उसने लाकर अपने गहनों का डब्बा मेरे हाथ में पकड़ा दिया। बोली, "बैंक चले जाइये और इन गहनों को लॉकर में रख आइये।"

"अब इनकी आवश्यकता नहीं रही?" मैंने पूछा।

बोली, "बल्ड बालों के साथ ये सोने के गहने नहीं चलते। अब पर्ल्स का सेट लूँगी।"

मैं समझ गया कि कैंची बड़ी होशियार थी। बालों और संस्कृति को काटकर अब मेरी जेब काटने को तैयार थी। संस्कृति के कट जाने पर चिन्ता की कोई विशेष बात नहीं थी। आदमी कटी-फटी संस्कृति के साथ भी जी सकता है। पर कटी जेब के साथ जीना सम्भव नहीं है और विशेषकर मुझ जैसे आदमी के लिए। पत्नी के कटे बाल और पति की कटी जेब एक साथ नहीं चलती।

जेब के संकट ने फिर फैशन-बुद्धि को झकझोरा। जेब के संकट को मैं दुनिया का सबसे बड़ा संकट मानता हूँ। नाजी संकट से भी बड़ा। नाजी संकट से दुनिया बच गयी, पर जेब के संकट से नहीं बच सकती। इस संकट से बचानेवाला एक ही देवता है—फैशन! यूरोप को कपड़े के संकट से मिनी-स्कर्ट ने उबार लिया। भारत को अन्न-संकट से भिक्षु फैशन ने बचा लिया।

मैंने पत्नी को समझा दिया कि नया फैशन है—सादगी। कोई गहना नहीं, कोई चमक-दमक नहीं। भोली पत्नी मेरी बातों में आकर बावरी मीरा बन गयी। उसने गहने और चमक-दमक छोड़ दी। पर मैं फिर नहीं जानता था कि इस फैशन का परिणाम क्या होगा—जैसे भारत यह नहीं जानता था कि तटस्थता के फैशन का परिणाम क्या होगा!

हुआ यह कि पत्नी ने अपनी सारी मूल्यवान साड़ियाँ अपनी बहनों में बाँटने का संकल्प कर लिया; क्योंकि जरी और गोटे के कारण साड़ियों में चमक-दमक थी। चमक-दमक की चीजें अब फैशन में नहीं थीं और वह फैशनेबल बनी रहना चाहती थी। इस बार जेब का संकट पिछली बार से भी अधिक भयंकर था। गहनों से उसे टाला जा सकता था, पर कपड़ों से नहीं टाला जा सकता था और जरीवाली साड़ियाँ बाँटने के पश्चात् उसके पास कुछ नहीं बचा था। वह सादगी के फैशन को अपनाकर, अपनी गरिमा बनाये रखने के लिए सादा-सी नजर आनेवाली तीन-चार सौ की टसर की साड़ियाँ खरीदने पर तुली हुई थी।

और तब इस मुकाम पर मुझे अपनी संस्कृति की याद आयी। चिन्ता से गंजी होती हुई मेरी अपनी खोपड़ी में यह बात आयी कि अपनी संस्कृति पर कैंची चलवाकर मैंने अच्छा नहीं किया। अपनी समस्याओं के लिए विदेशी समाधान बहुधा जेब का संकट पैदा करते हैं। आखिर वेदों, पुराणों, रामायण और महाभारत के समय में भी स्त्रियाँ अवश्य गंजी होती होंगी। तब लोग अपनी संस्कृति से पूछकर कोई देसी इलाज कराते होंगे। हो सकता है ब्राह्मी आँवला तेल ही इसका इलाज हो।

दूसरी बात भी मेरी समझ में आ रही थी। मैंने कबीर की बात न मानते हुए सारे वेद-पुराण पढ़ डाले हैं। मैंने इस कैंची से संस्कृति को बचाने का मार्ग तो पाया ही है, जेब को कटने से बचाने की समस्या भी कुछ-कुछ सुलझ गयी है। मेरा दावा है कि आप सारे संस्कृत-साहित्य में जेब पर आये संकट का वर्णन कहीं नहीं पायेंगे। उन लोगों ने वैसे मोक्ष प्राप्त किया हो या न किया हो; पर जेब के संकट से वे मुक्त थे।

बात यहाँ भी संस्कृति की है, जीवन जीने की पद्धति की है। हमने विदेशी संस्कृति अपनायी तो सारे संकट आये। न पतलून पहनते, न जेबें होतीं, न जेबों पर संकट आते। न रहे बाँस, न बजे बाँसुरी। वास्तव में विदेशी संस्कृति ने हमारा बेड़ा गर्क किया है। मैंने जब पच्चीस रुपये का कपड़ा खरीदकर दर्जी को अपना नाप दिया था और दर्जी ने मेरे नाप के अनुसार उस कपड़े पर कैंची चलायी थी, तो मैं क्या जानता था कि कैंची कपड़े को नहीं काट रही, संस्कृति को काट रही है और संस्कृति कटने पर जेब का संकट आता है। तभी बाजार से धोती खरीदकर पहन ली होती तो कितना अच्छा होता। न कपड़े पर कैंची चलती, न संस्कृति कटती, न जेब पर संकट आता।

त्रासदियाँ प्रेम की

कहाँ तो वह मेरी बात भी नहीं सुनती थी और कहाँ उस दिन बोली, "मैं तैयार हूँ। जहाँ तुम्हारा मन चाहे, ले चलो।"

मेरे मस्तिष्क की कार्यप्रणाली दिल्ली टेलीफोन व्यवस्था से बहुत साम्य रखती है। उसकी स्वीकृति पायी और इधर गलत लाइन मिल गयी। मेरे मन में अपनी माँ का चेहरा उभरा। कब से माँ कह रही है, "बेटा! वह कौन-सा दिन होगा जब तू एक चाँद-सी बहू मुझे ला देगा।" मेरे मन ने कहा, 'यही अवसर है नरेन्द्र कोहली। दोनों की इच्छाएँ पूरी कर दे। इसकी इच्छा है कि इसे कहीं ले चल और माँ की इच्छा है कि उसे बहू ला दे। बस! अब सोच मत। सास-बहू का मिलाप करा दे।'

ऐसा सुखी भी कौन होगा, जैसाकि उस समय मैं था : एक ओर प्रिया तैयार खड़ी थी—'ले चल जहाँ चाहे।' और दूसरी ओर माँ बाँहें फैलाये खड़ी थी—'ले आ बेटा, जिसे चाहे।'

"जी तो चाहता है," मैं बोला, "तुम्हें अपनी माँ के पास ले चलूँ।"

"मुझे अपने लिए रिजर्व कर लेना चाहते हो?" वह मुस्करायी।

"हाँ! ताकि फिर तुम कहीं और न जा सको।"

"अच्छा, इस कार्यक्रम को कुछ दिनों के लिए अभी स्थगित ही रखो," वह बोली, "मुझे एक काम याद आ गया है।"

मैं एक सहृदय प्रेमी के समान उसकी बात मान गया और वह चली गयी। गयी तो ऐसी गयी कि भगवतीचरण वर्मा के उपन्यास का नाम हो गयी, अर्थात्—वह फिर नहीं आयी।

तब समझ नहीं पाया था; पर आज मैं समझता हूँ कि वह क्या था। वस्तुतः शृंगार और वात्सल्य का मिश्रण बड़ी भयंकर भूल है। शृंगार और वात्सल्य का सम्बन्ध बहू और सास का सम्बन्ध है। काव्यशास्त्र की इसी भ्रान्ति में मार खा गया। भला बहू जाकर सास के पास रहना क्यों चाहेगी?

नारी-मनोविज्ञान का मेरा ज्ञान खासा अधकचरा और आउट ऑफ डेट है। उसके इस वाक्य का अर्थ दस वर्ष बाद मेरी समझ में आया और वह भी यारों

के समझाने पर आया। वह कह रही थी कि किसी होटल में ले चलो, किसी रेस्ट्राँ में ले चलो, किसी थियेटर में ले चलो, किसी पार्क में ले चलो। और मैंने उसके सम्मुख सास के पास चलने का प्रस्ताव रख दिया। साहित्य के रसराज शृंगार रस के विषय में पढ़-पढ़कर आँखें फोड़ लीं और जीवन में जब व्यवहार का अवसर आया तो वात्सल्य जोर मार गया। यह रसों की त्रासदी भी...

पर मेरे साथ प्रेम के क्षेत्र में एक यही त्रासदी हुई हो—ऐसी बात नहीं है। ऐसी कुछ त्रासदियाँ और भी हैं।

हम कॉलेज के टूर पर निकले हुए थे। वह अकसर मेरे साथ ही घूमती थी। मेरे साथ ही बातें करती थी। अब बस में भी वह मेरे साथ ही बैठी। थोड़ी देर तो मेरी टाई और मेरे बालों की प्रशंसा करती रही, फिर बोली, "मुझे नींद आ रही है। जरा सीधे होकर बैठ जाओ।"

मैंने भौचक हो उल्लू के समान उसकी ओर देखा—'सीधे बैठ जाओ' तक तो ठीक था। माँ भी यही कहा करती थी कि मैं झुककर बैठता हूँ। ऐसे कमर झुक जाती है। मुझे सीधे होकर बैठना चाहिए। बाद में ड्रिल-मास्टर से लेकर क्लास-टीचर तक सबने यही कहा था, 'सीधे बैठो!' आज वह भी चाहती थी कि मैं सीधा बैठा करूँ तो क्या हर्ज है? दिन-भर के घूमने-फिरने से थका हुआ तो था, पर उसकी बात मानकर सीधे बैठना ही श्रेयस्कर था। किन्तु उसकी नींद से मेरे सीधे बैठने का क्या सम्बन्ध? मन तर्कशास्त्र की ओर भागने की जगह पर काव्यशास्त्र की ओर भागा। समझ गया कि यह असंगति अलंकार है—कारण कहीं होता है, कार्य कहीं और होता है। नींद उसे आ रही थी और सीधा मुझे बैठना था। असंगति अलंकार का ऐसा सुन्दर, जीवन्त और आधुनिक उदाहरण सामने देख मैं गद्‌गद हो उठा। मेरा ध्यान उसकी ओर से हटकर परीक्षा की ओर चला गया। परीक्षा में यदि असंगति अलंकार के विषय में पूछा गया तो यही उदाहरण लिखूँगा। परीक्षक भी चित हो जायेगा...

अभी तो मेरा ध्यान परीक्षाफल और उसके आधार पर मिलनेवाली नौकरी तक जाता, पर उसकी हरकत से मेरी चिन्तन-प्रक्रिया में बाधा पड़ी, विचारों की शृंखला टूट गयी और मेरा ध्यान पलट आया। हुआ यह कि मेरे सीधे बैठते ही उसने अपना सिर मेरे कन्धे से टिका दिया था और सोने के लिए आँखें बन्द कर ली थीं...

मेरा मस्तिष्क काव्यशास्त्र के खेत को चरना छोड़, सरपट भागता हुआ नागरिकशास्त्र में जा घुसा! यह कैसा शिष्टाचार है। इसे नींद आयी है तो मैं तनकर रात-भर ड्यूटी पर बैठा रहूँ कि मेमसाहब की नींद में विघ्न न पड़े। यह

कैसा समाज है—स्वार्थी। केवल अपनी ही सुविधा का ध्यान है, दूसरे के आराम की तनिक भी चिन्ता नहीं। एक आदमी को आराम से सोने के लिए दूसरे का कन्धा चाहिए और दूसरे को जरा ढीले होकर बैठने की भी सुविधा नहीं...

पर मैं न तो उसे इस अशिष्टता के लिए फटकार सका, न नागरिकशास्त्र पर व्याख्यान दे सका। मेरे कन्धे से टिकी वह बड़ी प्यारी लग रही थी। मन भी पिघल रहा था और वह कन्धा भी, जिससे लगी वह सो रही थी। दूसरा कन्धा अपने भाग्य पर आठ-आठ आँसू रो रहा था... पर तभी मेरी आत्मा ने मुझे धिक्कार दिया, 'दुष्ट! तू मनुष्य कहलाने का अधिकारी नहीं। एक अबला नारी, सैर-सपाटे से थकी-हारी, यदि तेरे सहारे से कुछ विश्राम कर लेना चाहती है तो तेरे मन में दूषित विचारों का मेला लग रहा है। तेरे घर में माँ-बहन नहीं हैं क्या? यह मानव-तन क्यों पाया है तूने, यदि कष्ट में किसी की तनिक सहायता भी तू नहीं कर सकता...'

आत्मा के धिक्कार का तत्काल प्रभाव हुआ। मेरे भीतर सोया हुआ सामाजिक कार्यकर्ता जाग उठा और प्रेमी पुरुष सो गया। मैंने अपनी चेतना को जगाया और उसे याद दिलाया—यह शरीर दूसरों की सेवा के लिए ही था। विशेषकर यह कन्धा तो बना ही इसीलिए था। मैंने वहीं बैठे-बैठे भीष्म-प्रतिज्ञा की कि यह कन्धा आज से जनकल्याण के लिए ही अर्पित है—चाहे किसी कन्या के सोने के लिए काम आये, या किसी की अर्थी उठाने के। आज से जो भी मेरा कन्धा माँगेगा—यह उसी को अर्पित होगा....

पर उसे शायद नींद नहीं आ रही थी। वह सीधी होकर बैठ गयी और ध्यान से मेरा चेहरा देखने लगी। कदाचित् देख रही थी कि उसके द्वारा मेरे कन्धे का उपयोग मुझे बुरा तो नहीं लगा। सामान्यतः तो ऐसी हरकत मुझे बुरी ही लगती है। मैं अपना शेविंग सेट तो किसी और को देता नहीं, अपना कन्धा कैसे दे देता! पर उस क्षण मेरी आत्मा उदात्तता और उदारता के ऊँचे से ऊँचे शिखरों पर उड़ रही थी, इसलिए उसके द्वारा अपने कन्धे के इस दुरुपयोग के लिए मैंने अपनी अप्रसन्नता नहीं जतायी। बड़ी उदारता से बोला, "सो जाओ। सो जाओ। मैं बुरा नहीं मानूँगा।"

उसकी आँखों में मेरे प्रति प्रशंसा का भाव नहीं जागा। वह मुझे ऐसे देख रही थी जैसे मैं आदमी न होकर छछून्दर या ऊदबिलाव होऊँ। फिर जैसे स्वयं को बलात संयत कर बोली, "मुझे नींद नहीं आ रही।"

जी में आया, उससे कहूँ कि नींद नहीं आ रही तो थोड़ी देर के लिए किसी और सीट पर जा बैठे, मैं ही अपनी कमर सीधी कर लूँ। पर तत्काल ही मेरे विवेक ने मुझे धिक्कारा। वह स्त्री है, कोमल है। मैं पुरुष हूँ, कठोर हूँ। मुझे

ऐसा नहीं करना चाहिए—

"क्यों? नींद क्यों नहीं आ रही?" मैंने पूछा।

"सिर में कुछ दर्द है।" वह बोली, "लगता है, ज्वर भी हो गया है। तुम मेरा सिर दबा दोगे"'

इच्छा हुई कि उसे बता दूँ कि अभी-अभी मैंने स्वयं को दूसरों के कष्ट-निवारण के लिए समर्पित किया है और थोड़ा-बहुत ज्ञान अपने जीवन के आदर्शों का भी दे दूँ। पर उसके सामने जुबान खुल नहीं पायी। मन में जाने कैसी गुदगुदी हो रही थी। वह मुझसे अनुचित लाभ उठा रही थी, फिर भी अच्छी लग रही थी।

हल्के से बोला, "दबा दूँगा।"

"थैंक यू।" वह बोली।

और इससे पहले कि मैं कुछ समझ सकता, वह अधलेटी-सी हो गयी और अपना सिर उसने मेरी गोद में रख दिया। मुझे अपनी दादी और अपने पिताजी याद आ गये। बचपन से ही वे लोग मुझसे सिर दबवाते रहे हैं। मेरी घंटे-घंटे की मेहनत के पश्चात् हल्की-सी प्रशंसा कर देते, "तुम बहुत अच्छा सिर दबाते हो।"

अपनी गोद में लेटी वह मुझे अपनी दादी लग रही थी। मैं अब इसका सिर दबाता रहूँगा और यह आराम से सो जायेगी। मेरी दादी भी यही किया करती थी। मैं उसका सिर दबाता रहता और वह खर्राटे लेती रहती। मेरी कलाइयाँ दुख जातीं और उसके कान पर जूँ तक नहीं रेंगती। अपने कोमल और भीरु बच्चे को इस शोषण से बचाने के लिए मेरी माँ अपनी सास से डरती-डरती, दरवाजे के पीछे से ही मुझे उठ आने का इशारा करती तो मैं उठने का साहस करता। पर मेरे उठते ही किसी जादू से मेरी सोई हुई दादी की नींद उचट जाती और वह करवट बदलकर कहती, "कहाँ जा रहा है?"

मैं चिन्तित हो उठा : मैं सिर दबाता रहा और यह सो गयी, तो मेरा क्या होगा? यहाँ तो मेरी माँ भी नहीं है जो अपनी सास के पंजे से मुझे छुड़ाने का प्रयत्न करती और यह मेरी दादी की दादी मेरी गोद में सिर रखे, आराम से लेटी हुई थी...

मैंने मन को समझाया। अपने आदर्शों को याद किया और उसका सिर दबाना आरम्भ किया। पर थोड़ी ही देर में मैं अपने मन के पाप को पहचानने लगा। उसका सिर दबाते-दबाते मेरी अंगुलियाँ बहक-बहककर उसके गालों तक जाने लगी थीं। मैंने भयभीत दृष्टि में उसकी ओर देखा : कहीं उसे मालूम तो नहीं हो गया? पर नहीं! उसकी नींद, मेरी दादी की नींद से बहुत भिन्न

थी। उसे मालूम नहीं हो रहा था कि मैंने उसके गालों को छुआ था। वह बड़ी सन्तुष्ट मुद्रा में, आँखें बन्द किये निश्चिन्त पड़ी थी।

मैंने अपने मन को धिक्कारा : एक परायी स्त्री ज्वरग्रस्त हो, उसके सिर में पीड़ा हो रही हो; वह मुझसे सहायता माँग रही हो और मुझमें पाप जाग रहा है। धिक्कार है मुझे! किसी की विपत्ति का लाभ उठाना कहाँ की मानवता है!... बस, इतना ही धिक्कार पर्याप्त हुआ। फिर मेरे सात्विक मन में तनिक भी पाप नहीं जागा। मैं पूरी निष्ठा से उसकी दवा करता रहा और वह चुपचाप पड़ी रही। पर जब उसकी नींद मेरी दादी की नींद से भी लम्बी हो गयी और मैं रोगी की सेवा-सुश्रूषा से ऊब गया तो सहायता के लिए मैंने अपने साथियों की ओर याचना-भरी दृष्टि से देखा, किन्तु, उनमें से किसी को भी मेरी स्थिति पर दया नहीं आयी, न लड़कों को, न लड़कियों को (कितना कठोर है यह समाज और कितने दुष्ट होते हैं लोग!) उल्टे वे लोग परिहास की मुद्रा में मुस्कराते जा रहे थे। अन्ततः मुझे कहना ही पड़ा, "भई! कोई आ जाओ। इसकी तबीयत ठीक नहीं है।"

पर तभी वह उठकर सीधी बैठ गयी। घूरकर यूँ देखा, जैसे मेरी कठोर भर्त्सना करनेवाली हो किन्तु वह इतनी कृतघ्न कैसे हो सकती थी? क्रोध में भी उसके मुख से मेरे लिए प्रशंसा का ही वाक्य निकला, "तुम्हें काव्यशास्त्र ही समझ में आ सकता है।"

मुझे यह अधूरी प्रशंसा अच्छी नहीं लगी। आत्मप्रशंसा को दोष मानते हुह भी शालीनता की सीमा के भीतर से बोला, "नहीं, भाषा-विज्ञान में भी अधिकतम अंक मेरे ही थे।"

उसने सिर पीट लिया, "कौन-सी भाषा समझते हो तुम! मैं तुम्हारे निवेदन की प्रतीक्षा में हृदय थामे, बेशर्मों के समान तुम्हारी गोद में पड़ी थी और तुम अपने मित्रों को मेरा सिर दबाने के लिए बुला रहे थे.. बौड़म कहीं के...!"

और तब हमारी समझ में आया कि हमारे जीवन में प्रेम की एक और त्रासदी घट गयी है...

मेरे साथ प्रेम की एक छोटी-सी त्रासदी और भी घटी है—पर वह बस में नहीं, रेलगाड़ी में घटी थी। इस त्रासदी को उसकी पूर्ण समग्रता में समझने के लिए आपको थोड़ा-सा वातावरण का वर्णन भी सुनना पड़ेगा।

उन दिनों भी अभी मैं कॉलेज में ही पढ़ता था। उस दिन कहीं बाहर जाना पड़ रहा था... जब बात इतनी खुलकर हो रही है, तो फिर आपसे क्या छुपाना। भैया के साथ भी प्रेम की त्रासदी घट रही थी। भाभी मायके जाकर

बैठ गयी थीं और भैया के पत्रों का उत्तर नहीं दे रही थीं; इसलिए मुझे जाना पड़ रहा था। मुझे जाकर देखना था कि भाभी स्वस्थ तो है।

वह यात्रा भी बड़ी त्रासद थी साहब! बिना आरक्षण का रेल का डिब्बा और कुम्भ के मेले जैसी भीड़। अभी तो सन्ध्या का ही समय था, पर यात्रा रात-भर की थी। सोच रहा था कि रात कैसे कटेगी कि प्लेटफार्म पर वह आती दिखायी दी। जैसाकि प्रेमकथाओं में होता है—वह हमारे कॉलेज में पढ़ती थी। पर साहब! मैं अपनी रचना को घटिया रोमानी रचना नहीं बनाना चाहता इसलिए पहले से ही स्पष्ट कर दूँ कि वह मेरी कक्षा में नहीं थी। मुझसे दो साल पीछे थी और जब तक मैं पढ़ता रहा, वह मुझसे दो साल पीछे ही रही अर्थात् हमारी दूरी निरन्तर बनी ही रही। पर उस दिन वह निकट आ गयी। जिस खिड़की की सीट के साथ मैं तना बैठा था, उसी के पास आकर वह रुक गयी और मुझे देखकर मुस्करायी।

मैंने पहले तो गर्दन घुमाकर इधर-उधर देखकर पुष्टि की कि वह मुझे देखकर ही मुस्करा रही है न! जब पुष्टि हो गयी कि मुस्कान मेरे लिए ही थी तो मेरे कान गर्म होने आरम्भ हो गये।

वह मुस्कराकर ही नहीं टली। बोली, "नमस्ते।"

शिष्टाचार का मारा मैं बोला, "नमस्ते।"

उसने परिचय कराया, "ये मेरे पिताजी हैं।"

समझ नहीं पाया कि यदि उसके साथ उसके पिताजी हैं तो मैं क्या करूँ। मैंने तो उससे पूछा भी नहीं था कि उसके साथ यह पुरुष कौन हैं। उसे मुझको स्पष्टीकरण देने की क्या आवश्यकता थी कि वह कोई पर-पुरुष नहीं—उसके पिताजी हैं। कोई किसी के साथ घूमता रहे, मुझे किसी से क्या लेना-देना। मैं कोई फिल्मों में चित्रित समाज हूँ कि दूसरों के निजी मामलों में हस्तक्षेप करता फिरूँ। कोई अपने पिता के साथ घूमे या अपने बच्चों के पिता के साथ—मुझे किसी से क्या लेना-देना...

इससे पहले कि मैं कठोर स्वर में पूछूँ कि ये तुम्हारे पिताजी हैं, तो मैं क्या करूँ—'राम की शक्ति-पूजा' की दुर्गा के समान मेरी माँ की मूर्ति मेरे मन में उदित हुई और वह वाक्य बोली, जो ऐसे प्रत्येक अवसर पर मैं बचपन से सुनता आ रहा हूँ, 'नमस्ते करो!'

"नमस्तेजी!" मैंने आज्ञा का पालन किया।

इस बार उसके पिताजी बोले, "बेटा! बड़ा अच्छा हुआ, तुम मिल गये। गाड़ी में इतनी भीड़ है और ये बच्चे अकेले जा रहे हैं।"

और तब पहली बार मेरा ध्यान उसके पास खड़े एक छोटे लड़के और

लड़की की ओर गया।

"इन्हें जरा अपने पास बैठा लो।" उसके पिताजी ने कहा, "ये लोग अपनी अटैची पर बैठ जायेंगे। तुमको कष्ट नहीं देंगे।"

एक बार तो मन में भारतीय यात्री जागा। इच्छा हुई, डाँटकर कह दूँ—'यहाँ भी कोई जगह नहीं है। मैं स्वयं भी बड़ी कठिनाई से फँसा बैठा हूँ। आप इन्हें कहीं और ले जाइये।'

पर कह देना सरल था क्या? वह मुझसे एक फुट की दूरी पर खड़ी मुझे देख-देखकर निरन्तर मुस्कराये जा रही थी। उसके छोटे भाई-बहन याचना-भरी दृष्टि से मुझे देख रहे थे। कॉलेज में जब से उसे देखा था, बात करने का कोई बहाना ढूँढ़ता रहा था। आज अवसर मिला है तो रेल का भारतीय यात्री बन जाऊँ?

अवसर से चूकना मूर्खता है और अवसर के पीछे भागना अवसरवादिता। समझ नहीं पा रहा था कि मूर्खता तथा अवसरवादिता में से श्रेष्ठ क्या है।... लगता है कि उसके पिताजी मेरे द्वन्द्व को समझ गये थे। वे नहीं चाहते थे कि मैं अन्तर्द्वन्द्व की इस भयानक यातना में पड़ा अधिक देर तक कष्ट पाऊँ। वे दयानिधान बनकर मुझे इस पीड़ा से उबारने के लिए आगे बढ़े।

उन्होंने अटैची उठाकर मेरी ओर बढ़ायी, "लो बेटा! पकड़ो।"

मन में एक बड़ा मधुर चित्र जागा कि मेरा और उसका विवाह हो गया है। उसके पिता हमें विदा करने आये हैं और उसके कपड़ों की अटैची मुझे पकड़ा रहे हैं। मैंने आपसे कहा न कि मुझे ठीक समय पर ठीक बात कभी नहीं सूझती।

ऐसे रोमानी क्षणों में मेरा समाज-सुधारक जाग उठा। जी में आया कि चीख ही नहीं पड़ूँ, बल्कि उन्हें डाँटकर कहूँ, 'मैं दहेज का कट्टर विरोधी हूँ। मैं दहेज में कुछ नहीं लूँगा। यदि आप मुझे बाध्य करेंगे तो मैं दहेज के साथ-साथ आपकी लड़की को भी छोड़ जाऊँगा...।'

यह तो अच्छा हुआ कि उसकी मुस्कान की उपस्थिति में मेरी वाचालता हवा हो गयी थी और मैं कुछ बोल नहीं पा रहा था। यदि कहीं कुछ बोल पड़ता तो अनर्थ ही हो जाता। मैं होश में आया। अपने भीतर के समाज-सुधारक के सिर पर एक चपत जमायी और चुपचाप हाथ बढ़ाकर अटैची थाम ली। उसके पश्चात् उसका हाथ भी थामा (जीवन-भर के लिए नहीं, खिड़की के मार्ग से गाड़ी में आने के लिए, सहायतार्थ)।

फिर उसके पिताजी चले गये। अब उसका और उसके भाई-बहन का अभिभावक मैं ही था। तब पहली बार मुझे ज्ञात हुआ कि और अनेक गुणों

के साथ-साथ, मुझमें एक बहुत अच्छे अभिभावक के भी गुण हैं। मैं सतर्क हो गया। मुझे उनके लिए स्थान बनाना ही था, चाहे मुझे कितना ही कष्ट क्यों न हो।

पर उसने मुझे अधिक कष्ट नहीं होने दिया। उसने पैरों के पास अपनी अटैची बिछा दी और उस पर अपने छोटे भाई-बहन को बैठा दिया। स्वयं वह दीवार से टिककर खड़ी हो गयी।

मैं यह कैसे सहन करता! उसे बैठने के लिए जगह न मिले और मैं आराम से बैठा रहूँ? मैं उठकर खड़ा हो गया।

"यहाँ बैठ जाओ।"

उसने मुझे देखा और मुस्करायी। ऐसी मुस्कान मैंने पहले कभी नहीं देखी थी। लगा, मेरे शरीर का सारा रक्त सनसनाने लगा है। वह आगे बढ़ी। उसने मेरा हाथ पकड़कर मुझे सीट पर बैठाया और स्वयं खिड़की की ओर मुझसे सटकर बैठ गयी। यह तो अद्भुत अनुभव था—जिससे दो बातें करने को सारा कॉलेज तरसता था, वह यहाँ मुझसे इस प्रकार सटी बैठी थी। इस दृश्य को कॉलेज का कोई लड़का देख ले, तो जलकर घटना-स्थल पर ही मर जाये।

कॉलेज का लड़का तो कोई मरा नहीं, मेरे भीतर का समाज-सुधारक जल मरा। उसने बिना चेतावनी दिये ही लाठी-चार्ज कर दिया, 'साले! शर्म से डूब क्यों नहीं मरते? उस भली लड़की को बैठने की जगह नहीं मिल रही है। वह तुम्हें कष्ट नहीं देना चाहती, इसलिए तुम्हारे साथ बैठ गयी और तुम उससे सटे जा रहे हो। किसी की मजबूरी का ऐसे लाभ उठाना चाहिए। छिः...!'

दुत्कार इतनी बढ़ी कि मैं डर गया। कहीं ऐसा न हो कि इससे परेशान होकर मैं चलती गाड़ी से कूद जाऊँ।

मैंने स्वयं को सँभाला और यथासम्भव दूसरी ओर खिसकता गया। पर मुझे लगा कि मेरे साथ बैठी हुई वह ठोस नहीं, तरल पदार्थ है। जितना मैं खिसकता था, उतनी वह फैल जाती थी। उसका स्पर्श इतना मादक था कि सिर भन्नाने लगा था। एक ओर मन पिघलता जा रहा था और दूसरी ओर विवेक लताड़ता जा रहा था। परिणाम जाने क्या होता कि उसकी छोटी बहन कुनमुनायी, "हम दीदी के साथ बैठेंगे।"

मेरा जाग्रत विवेक आगे बढ़ा। मैं उठ खड़ा हुआ। बच्ची को उठाया और उसके साथ सीट पर बैठा दिया, किन्तु, उसकी ओर देखा तो जानने में क्षण भी नहीं लगा कि फिर त्रासदी हो गयी थी। अपनी नन्हीं बहन को सुविधाजनक स्थान पर बैठी देखकर वह तनिक भी प्रसन्न नहीं दीख रही थी। उसकी आँखों में मेरे लिए इतनी लताड़ थी, जितनी मेरे विवेक की कल्पना से भी बाहर थी...

दि लाइफ

एक

अफसरों का मुहल्ला। खाता-पीता आसूदा घर।

अँधेरा अभी विदा नहीं हुआ। सुबह साढ़े चार बजे का समय।

खन्ना साहब के सिरहाने पड़ी घड़ी को दौरा पड़ता है—टर्र...र्र...र्र...

खन्ना साहब हड़बड़ाकर उठ बैठते हैं। अचकचायी नजरों से इधर-उधर देखते हैं। क्षण-भर तक उन्हें कुछ भी समझ नहीं आता। वह घड़ी की ओर देखते हैं। घड़ी मुस्कराकर कहती है, "गुड मार्निंग!"

खन्ना साहब को घड़ी की बदतमीजी अच्छी नहीं लगती। वह नाराजगी से उसका कान ऐंठ देते हैं। अलार्म बन्द हो जाता है।

वह उबासी लेते हैं। कैंची के दोनों ब्लेडों की तरह उनके दोनों जबड़े अलग हो जाते हैं। वह उस खुले मुख के सामने चुटकी बजाते हैं, जैसे हलक के कौवे को चिढ़ा रहे हों।

"हरि ओऽम! हरि ओऽम!" वह पलंग से उठ बैठते हैं।

श्रीमती खन्ना के सिरहाने खड़े होकर वह एकटक देखते हैं। फिर पुकारते हैं, "रत्ना!"

स्वर में प्यार ऐसे उमड़ता है, जैसे किसी बाँध के टूटने पर, बाँध का एकत्रित जल उमड़ता है।

श्रीमती खन्ना चौंककर उठ बैठती हैं। उनकी आँखें फटी हुई हैं। मुँह खुला है और दोनों हाथ छाती पर बँधे हुए हैं।

वह अनपहचानी नजरों से खन्ना साहब के शरीर के आर-पार देखती रहती हैं।

एक आवारा मच्छर सुबह की सैर के विचार से उनके खुले मुँह में टहलता-टहलता चला जाता है।

मिसेज खन्ना की आँखों में लिफ्ट से खन्ना साहब की पहचान उतरती है

और वह चिघाड़ती हैं, "तुम्हें कितनी बार कहा कि मुझे इस प्रकार अचानक मत जगाया करो। ऐसे किसी दिन मेरा हार्ट फेल हो जायेगा।"

खन्ना साहब के चेहरे पर दीनता की मूसलाधार वर्षा होती है, "तेरा हार्ट फेल नहीं होता, भली लोक। पर तेरे चीखने से मेरा हार्ट फेल जरूर हो जायेगा।"

"अच्छा-अच्छा।" श्रीमती खन्ना के मुख से दुर्गन्ध का भभका उठता है।

वह अँधेरे में डरती हुई, हनुमान चालीसा का पाठ करती हुई रसोई में आती हैं। माचिस नहीं मिलती तो अपने आध्यात्मिक तेज से गैस जलाती हैं। एक चूल्हे पर चाय के लिए पानी और दूसरे पर रात का बचा हुआ दूध गर्म करने के लिए रखती हैं।

दो

खन्ना साहब के फ्लैट की बालकनी। वहाँ उनचासों पवन चल रहे हैं यानी बालकनी में क्रॉस वेंटिलेशन हैं। कमरों के समान घुटन नहीं है यहाँ। खन्ना साहब का नौकर निवारी चारपाई बिछाकर सोया हुआ है।

मिसेज खन्ना चाय का प्याला हाथ में लिये नौकर के सिरहाने खड़ी उसे जगा रही हैं, "चन्न उठ बेटे। उठ जा। दूध लेने जाना है न।"

नौकर आँखें खोलता है। उसका हाथ आकाश की ओर उठता है और मुख से ऋषि-वाणी प्रस्फुटित होती है, "चाय।"

श्रीमती खन्ना बड़े भक्ति-भाव से उसके उठे हुए हाथ पर चाय का कप रख देती हैं।

नौकर चाय की चुस्की लेता है।

मिसेज खन्ना श्रद्धाभरी उत्सुकता से उसकी ओर देखती रहती है।

"डोल और पैसे दे जाइये।" नौकर आदेश देता है।

"बहुत अच्छा।" मिसेज खन्ना का सिर आज्ञा-पालन में झुक जाता है।

तीन

"मोया! मर जाना! रुड़ जाना! कंजर दी औलाद! सूर दा बच्चा!" मिसेज खन्ना दाँत पीस-पीसकर गालियाँ दे रही हैं।

"बस! बस कर, भगवान!" खन्ना साहब सान्त्वना देते हैं, "बहुत हुआ, अब और श्लोक न पढ़।"

"देखो भला, कैसे हुकम चलाता है!" वह कहती हैं।

"तो निकाल दे न साले को!" खन्ना साहब सुझाव देते हैं।

"चुप।" मिसेज खन्ना डाँटती हैं, "खबरदार जो फिर ऐसी बात कही। उसे निकाल दिया तो काम करने तुम्हारी माँ आयेगी श्मशान से उठकर।"

"तो?"

"तो क्या? हुकम बजाते चलो उसके।"

चार

खन्ना साहब का नौकर दूधवाले से कह रहा है, "देख चौधरी, दूध अच्छा देना।"

"तुझे क्या बे दूध से। दूध दें या भैंस का पेशाब। तुझें कौन खुद पीना है। दूध लेने आया है, जो देता हूँ ले जा।" दूधवाला रोब से कहता है।

"देख ताऊ।" नौकर जवाब देता है, "ऐस बातें न किया कर। मैं और नौकरों की तरह नहीं..." और सहसा वह अपना डोल हटा लेता है, "यह दूध मैं नहीं लूँगा।" वह कहता है।

"नहीं लेना तो डोल डठा और चलता-फिरता नजर आ।" दूधवाला उसका डोल परे करके दूसरे लोगों को दूध देने लगता है।

नौकर अपनी आँखों से गुस्से के रॉकेट छोड़ता है, पर वे रास्ते में ही फिस्स हो जाते हैं, दूधवाले तक नहीं पहुँचते। वह लौट आता है।

पाँच

खन्ना साहब नाइट-सूट में, हाथ में डोल लिये बड़ी दीन मुद्रा में खड़े हैं और दूधवाले के प्रति निवेदन कर रहे हैं, "हे आदरणीय दूधवाले! हम अपने नौकर की सारी आज्ञाओं का पालन सिर्फ इसलिए करते हैं कि वह दूध ले आया करे और हमें सवेरे उठने का कष्ट न करना पड़े। अब अगर तुम उसको दूध नहीं दोगे तो हमारा काम कैसे चलेगा?"

दूधवाला अपनी आँखों में खाँटी दूध की-सी सफेद झाग का-सा भोला भाव लेकर खन्ना साहब को देखता है और अपनी सफाई देता है, "मेरे मेहरबान खन्ना साहब! आप मेरे ग्राहकों में से सबसे अच्छे हैं। आपने मेरे साथ कभी झगड़ा नहीं किया। आपने कभी मुझे डाँटा-डपटा नहीं। मैंने जितना पानी चाहा, आपके दूध में मिलाया, पर आपने मुझे खराब या जाली तो दूर, कभी पुराना

नोट तक नहीं दिया। आप ही जैसे मेहरबान और शरीफ ग्राहकों के कारण मेरी चार भैंसों का दूध मिलाकर चार मन हो जाता है। इसलिए मेरे मन में आपके लिए श्रद्धा वैसे ही जन्मी है, जैसे बरसात में केचुएँ जन्मते हैं। इसलिए जनाब, मैं आपके नौकर को दूध जरूर देता हूँ, पर वह खुद ही लेकर नहीं गया।"

"क्यों?" खन्ना साहब दूधवाले को 'एवायड' करने के लिए ऐनक उतारकर उसके शीशों को साफ करने लगते हैं।

"कारण आपके नौकर की मूर्खता, सरकार!" दूधवाला कहता है, "आपका नौकर केवल मिडिल पास है। वह बिलैती चीजों की खूबी नहीं जानता। देखिये, बाकी लोगों को मैं इन भैंसों का दूध देता हूँ, जो देसी हैं। इनके माँ-बाप देसी थे। फिर ये इसी देश में पली हैं। बिदेस से कभी घूमकर भी नहीं आयीं। और आपके नौकर को मैं हालैंड की भैंसों के दूध के पौडर में पानी मिलाकर यानी बिलैती दूध दे रहा था। पर वह साला तो देश-भगत है, बिलैती लेकर ही नहीं जाता।"

"कोई बात नहीं, मेरे प्यारे दूधवाले!" खन्ना साहब फिर से ऐनक लगा लेते हैं, "मुझे तुम्हारी समझदारी और नौकर की मूर्खता पर पूरा विश्वास है। तुम दूध दो!"

खन्ना साहब डोल पकड़कर एक घुटने के बल पर ऐसे बैठे जैसे सैनिक अफसर राष्ट्रपति से रेजिमेंटल कलर लेने के लिए बैठते हैं।

छः

खन्ना साहब मिनिस्टरी में पहुँचते ही हैं कि डिप्टी सेक्रेटरी एक कागज लेकर आ पहुँचता है।

"क्या है?" खन्ना साहब पूछते हैं।

"सर! खबर आयी है कि नानक सागर बाँध टूट गया है।"

"खबर आयी है?"

"जी!"

"तो डिस्पैच क्लर्क को दे दो।"

"सर! उसने नोट लगाकर खबर अपर डिविजन क्लर्क को भेज दी। अपर डिविजन क्लर्क ने नोट लगाया और असिस्टेंट को भेज दी। असिस्टेंट ने नोट लगाया और सेक्शन ऑफिसर को भेज दी। सेक्सन ऑफिसर ने नोट लगाया और फाइल अंडर सेक्रेटरी को भेज दी। उसने भी नोट लगाया और फाइल मेरे

पास आ गयी। अब मैं...” डिप्टी सेक्रेटरी रुक गया।

“तुम सारा केस पुट-अप करो।” खन्ना साहब ने हुक्म दिया।

“सर! बहुत खोजने पर भी इस केस का कोई कागज कहीं नहीं मिला। हाँ, बाँध का एक नक्शा मिल गया है। पता नहीं वह इसी बाँध का है या किसी और बाँध का। पर है वह किसी बाँध का ही। वह मैंने फाइल में लगा दिया है। अब मैं...”

“इस तरह के केस का कोई प्रिसिडेंट है?” खन्ना साहब ने पूछा।

“अभी तक कोई नहीं मिला, सर!”

“तो खोजो!”

“सर! इस खबर को आये पन्द्रह दिन हो चुके हैं। वहाँ बाँध के आस-पास का सारा इलाका बरबाद हो गया है।” डिप्टी सेक्रेटरी कहता है।

“यह मिनिस्टरी है, मिस्टर अगड़म-बगड़म!” खन्ना साहब दहाड़ते हैं, “बनिये की दुकान नहीं कि सारे फैसले हाथों-हाथ हो जायें।”

“अच्छा, सर!” डिप्टी सेक्रेटरी नानक सागर बाँध के पानी के समान ही कमरे में बह जाता है।

सात

खन्ना साहब को दफ्तर भेजकर मिसेज खन्ना टैक्सी में अपनी सहेलियों के पास पहुँचती हैं। सहेलियों से मतलब वे औरतें जिनके पति पोजीशन में खन्ना साहब से कम न हों।

“तुमने सुना, कमला!” कृष्णा बोली, “मिसेज थापर ने अपने पति को घर से निकाल दिया है।”

“ओ, नो डार्लिंग!” कमला कहती है, “डोंट टैल मी दैट। आज सबेरे ही मिस्टर थापर इनसे मिलने आये थे।”

“हाउ सिली!” कृष्णा उत्तर देती है, “मिस्टर थापर इज आल राइट। वे मिसेज थापर के हसबैंड नहीं, फाइनांसर हैं। मैं तो उसके हसबैंड की बात कर रही हूँ, दैट ब्लडी खानसामा!”

“खानसामा!”

“हाँ! मिसेज थापर के सारे बच्चे उसी से हैं।”

“नो नो।”

“येस येस, माई डियर!”

"आओ, आओ। एक बात मैं सुनाऊँ।" मिसेज कपूर सबको अपने चारों ओर हुल्ला-हुप की तरह इकट्ठा कर लेती हैं, "जलोटा साहब के लड़के ने बम्बई से लिखा है कि पन्द्रह दिनों बाद उसकी पत्नी की कंफाइनमेंट की एक्सपेक्टेड डेट है। वे दोनों वहाँ पहुँच जायें।"

"हैं!" मिसेज मिश्रा के चेहरे पर लेबर पेंस उभर आती हैं, "मिसेज जलोटा ने पहले तो कभी चर्चा ही नहीं की।"

"उस बेचारी को खुद ही पता नहीं था।" मिसेज कपूर के पास पूरा मसाला तैयार है, "जलोटा साहब ने सुपुत्र से पूछा कि उसने पहले क्यों नहीं बताया तो उसने लिखा कि उसे स्वयं मालूम नहीं था। वह तो एक दिन सवेरे उठकर उसने अपनी पत्नी को देखा तो वह उसे बड़ी डिस्फीगर्ड लगी। वह उसे डॉक्टर के पास ले गया तो डॉक्टर ने आठ महीनों की प्रेगनेंसी बता दी।"

"पर यह कैसे हो सकता है? दे कांट बी दैट इग्नोरेंट। दैट्स हर थर्ड प्रेगनेंसी।" मिसेज मिश्रा चीखकर कहती हैं।

"अरे, वह बड़ा उल्लू का पट्ठा है।" मिसेज कपूर हँसकर अपने हलक का कौवा दिखाती हैं, "बाप को हमेशा से उल्लू समझता आया है।"

...सभा विसर्जित होत है सुनो वीर हनुमान...

आठ

पड़ोस की आया खन्ना साहब की बालकनी में दूज के चाँद की तरह झाँकती है, "डार्लिंग!"

"आ जाओ।" खन्ना साहब का नौकर कपड़े तह करता हुआ बाहर आता है, बुड्ढा-बुढ़िया दोनों चले गये।"

आया जंगला टाप आती है।

"बहारो फूल बरसाओ, मेरा महबूब आया है..." नौकर गाता है।

"हाऊ नॉटी!" आया फुदकती है।

"अन्दर चलो, डार्लिंग।" नौकर कहता है।

दोनों भीतर आते हैं।

नौकर के चेहरे पर कब्रिस्तान की धूल उड़ने लगती है। आँखों में वैसे ही पानी जमा हो जाता है जैसे बरसात के निकास के अभाव में दिल्ली की सड़कों पर जमा हो जाता है।

'मेरी जान!"

“मेरे प्राण!”

“आज मैं तुम्हें दूध नहीं पिला सकता।”

“क्यों, क्या खत्म हो गया?” आया के चेहरे का प्याला हिमालय की बर्फ के समान पिघलने लगता है।

“नहीं, डार्लिंग।” नौकर कहता है; “मेरा इडियट साहब आज इम्पोर्टेड दूध ले आया है। वह दूध तुम्हारे ताजमहल-से शरीर के लिए अच्छा नहीं। उससे तुम्हारा संगमरमर-सा रंग...”

“मैं...” आया कहती है।

“नाराज न हो, स्वीटी।” नौकर उसे मनाता है, “मैं तुम्हें कनॉट प्लेस में आइक्रीम खिलाऊँगा।”

“चलो फिर।” आया कहती है।

“ऐसे नहीं।” नौकर सलाह देता है, “तुम भीतर जाकर हमारी मेमसाहब के कपड़े पहने लो। यह ब्रेजियर जरूर बदल लेना, नहीं तो शेप बढ़िया नहीं होगा।”

नौ

डिप्टी सेक्रेटरी फिर घबराया हुआ खन्ना साहब के पास आता है।

“क्या है?” खन्ना साहब कहते हैं, जैसे किसी अपरिचित को देखकर कुत्ता भौंकता है।

“सर! उस केस का कोई प्रिसिडेंट नहीं है।”

“क्यों नहीं टूटा?”

“सर! पहले कभी कोई बाँध नहीं टूटा।”

“क्यों नहीं है?”

“क्योंकि कोई बाँध बनाया ही नहीं गया था।”

“तो ऐसा करो...” खन्ना साहब अपनी पाइप जलाते हैं, “जिसने बाँध टूटने की न्यूज भेजी है, उसे एक लेटर लिखो और उसमें यह प्रोटेस्ट करो कि बिना प्रिसिडेंटवाला केस हमारे पास क्यों भेजा गया।”

“सर! सर!!”...डिप्टी सेक्रेटरी सरसराता है।

“क्या है?” खन्ना साहब दहाड़ते हैं।

“सर! आजकल बहुत सारे केस बिना प्रिसिडेंट के आ जाते हैं। जमाना बहुत खराब आ गया है, सर! घोर कलयुग है। पिछले दिनों एक ऐसा ही केस

डिफेंस मिनिस्टरी में भी आया था।

"क्या केस था?"

"सर! चीन ने हमारी सीमाओं पर अटैक किया था।"

"तो डिफेंस मिनिस्टरी ने क्या किया?" खन्ना साहब को समस्या का समाधान सूझता जाता है।

"सर!" डिप्टी सेक्रेटरी कहता है, "उन्होंने प्रोटेस्ट भेजा था।"

"तो तुम भी प्रोटेस्ट भेज दो।"

"अच्छा, सर!" डिप्टी सेक्रेटरी कहता है, "प्रोटेस्ट किसको भेजूँ?"

"हूँ!" खन्ना साहब सोचते हैं, फिर भभक उठते हैं, "हर बात मुझे ही बतानी है, तो तुम्हारा क्या काम? यू आर इनएफिशियेंट।"

"अच्छा, सर!" डिप्टी सेक्रेटरी कहता है, "मैं भी चीनवालों को प्रोटेस्ट भेज देता हूँ।"

"ठीक है।"

दस

खन्ना साहब का नौकर और पड़ोस की आया बस-स्टैंड पर खड़े चॉकबार खा रहे हैं।

"घंटे-भर से कोई बस नहीं आयी।" पड़ोस की आया कहती है, "बड़े हरामी हैं ये बसवाले।"

"कौन हरामी नहीं है, मेरी जान!" खन्ना साहब का नौकर कहता है, "तुम नहीं हो या मैं नहीं हूँ या हमारे साहब नहीं हैं!"

"हाँ, हम राब हराामी हैं।" पड़ोस की आया स्वीकार करती है।

दोनों मुँह में चॉकबार डाले, एक-दूसरे के प्रेम का आस्वाद लेते रहते हैं।

"वह बस आ रही है।" खन्ना साहब का नौकर कहता है।

"हाय! मेरी आइसक्रीम।" पड़ोस की आया चॉकबार जल्दी-जल्दी खाकर तिनका फेंक देती है।

बस आकर रुकती है।

सवारियाँ उतरती हैं।

वह खाली हो जाती है।

पड़ोस की आया और खन्ना साहब का नौकर बस में चढ़ने लगते हैं।

"मत चढ़ो, मत चढ़ो।" कंडक्टर कहता है।

"क्यों?" खन्ना साहब का नौकर पूछता है।

"यह बस डिपो जा रही है।" कंडक्टर बताता है।

"हमें रास्ते में उतार देना।" पड़ोस की आया चॉकबार की मिठास के साथ कहती है।

"नहीं, नहीं।" कंडक्टर कहता है, "हमारी ड्यूटी खत्म। बस में स्टाफ नहीं है। कहो तो अपने घर ले चलें...।"

"तेरी माँ..." खन्ना साहब का नौकर घूँसा तानकर कहता है।

"चल भई, चल!" बस कंडक्टर घंटी बजा देती है।

खन्ना साहब का नौकर दाँत पीसता रह जाता है।

पड़ोस की आया खिलखिलाकर हँस पड़ती है।

"यहाँ से मादर...खाली ले जायेंगे, डिप्पो से फिर यहाँ तक खाली लायेंगे, तब यहाँ से सवारी लेकर जायेंगे। सूअर के..." खन्ना साहब का नौकर कहता है।

"तब तक एक चॉकबार खिलाओ!" पड़ोस की आया फरमायश करती है।

ग्यारह

"अजी, सुना आपने?" मिसेज खन्ना कहती हैं, "बूढ़े कागल ने शादी कर ली है।"

"शादी! कागल ने!" खन्ना साहब का मुँह फाइल की तरह खुल जाता है।

"हाँ!"

"क्यों?"

"उनके लड़के के घर बेटा पैदा हुआ है।"

"तो?"

"बच्चे को पालने के लिए उनके लड़के को आया की जरूरत थी, इसलिए उन्होंने शादी कर ली।"

"वैरी गुड!" खन्ना साहब कहते हैं, "आइडिया तो अच्छा है। उसने पोता पालने के लिए शादी की। मैं सोचता हूँ, मैं पोता पैदा करने के लिए आया रख लूँ।"

"आपका तो दिमाग खराब है।" मिसेज खन्ना की आँखों में पति-प्रशंसा की बाढ़ आ जाती है।

बारह

खन्ना साहब का नौकर और पड़ोस की आया सबसे अगली सीट पर ड्राइवर के पीछे बैठे हैं।

पड़ोस की आया अपनी जगह पर बार-बार उचकती है।

"कितना तेज चलाता है न यह डलैवर।" वह कहती है।

ड्राइवर बस और तेज कर देता है।

सड़क के बीचोबीच एक स्कूटर-रिक्शा आ जाता है।

"ओह, बस धीरे हो गयी।" आया शोक प्रकट करती है।

ड्राइवर जोर-जोर से हॉर्न बजाता है।

स्कूटर रिक्शा रास्ता नहीं देता। सड़क के बीचोबीच चलता रहता है।

"हट जा बे चिलगोजे की औलाद!" ड्राइवर कहता है, "मैं ठोकर मार दूँगा।"

स्कूटर-ड्राइवर रास्ता नहीं देता है।

पड़ोस की आया की निराशा बढ़ जाती है।

बस का ड्राइवर बस को स्कूटर-रिक्शा की बायीं ओर से निकालकर उसके बराबर आकर, हॉर्न का रबर खींचकर स्कूटर-रिक्शा के ड्राइवर को दे मारता है, "हटता क्यों नहीं बे मादर..."

वह बस रोक देता है।

आया बच्चों की तरह खिलखिलाकर हँस पड़ती है और तालियाँ बजाने लगती है।

स्कूटर-रिक्शा एक मिनट रुकता है और आगे बढ़ जाता है।

"अबे हरामी! हॉर्न तो दे जा।" ड्राइवर बस चलाता है।

स्कूटर-रिक्शावाला अपना स्कूटर एक गली में मोड़ लेता है।

"ले गया। साला हॉर्न ले गया।" ड्राइवर दाँत पीसता रहता है।

पड़ोस की आया हँसती रहती है।

तेरह

टेलीफोन की घंटी बजती है।

"हैलो!" मिसेज खन्ना रिसीवर उठाती हैं।

"माताजी! मैं बोल रहा हूँ, आपका नौकर।" आवाज आती है।

"हाँ, बेटे!"

"मैं रात का शो देखने जा रहा हूँ। रात को साढ़े बाहर बजे तक लौटूँगा।" ऊपर से आवाज आती है, "मेरी चारपाई बाहर निकालकर उस पर बिस्तर कर देना। खाना भी थाली से ढँककर वहीं रख देना और तकलीफ माफ करना।"

"नहीं, तकलीफ की कोई बात नहीं, पुत्तर।" मिसेज खन्ना कहती हैं, "पर तुम आ जाना।"

"अच्छा जी!"

मिसेज खन्ना रिसीवर रख देती हैं।

रसोई में जाकर आटा गूँथती हैं।

"सूर दा बच्चा! औतरी दा पुत्तर!" वे मुँह ही मुँह में कहती हैं।

निरपराधिक होने का प्रमाणपत्र

मैं थाने में पहुँचा तो वहाँ थानेदार भोलाराम बैठे थे। मैंने उनसे कहा, "मुझे अपने लिए निरपराधिक चरित्र प्रमाणपत्र चाहिए।"

उन्होंने अच्छी तरह मेरा निरीक्षण किया और पूछा, "वह क्या होता है?"

"उसे आप शायद 'No Criminal Record' कहते हैं।" मैंने कहा, "मुझे पुलिस से एक प्रमाणपत्र चाहिए कि मैंने कभी कोई अपराध नहीं किया है।"

उन्होंने कुछ सोचने की मुद्रा बनायी; किन्तु वे कुछ भी सोच नहीं रहे थे। मैं जानता था कि वे निश्चय कर चुके थे कि वे मुझे क्या कहेंगे।

सोचने का पर्याप्त अभिनय कर लेने के पश्चात् वे बोले, "जब मैं आपको जानता ही नहीं, तो मैं आपको यह प्रमाणपत्र कैसे दे सकता हूँ कि आपने कभी कोई अपराध नहीं किया है?"

मैं प्रसन्न हो गया, "पुलिस मुझे नहीं जानती, यही अपने-आप में सबसे बड़ा प्रमाण है कि मैं अपराधी नहीं हूँ। यदि मैंने कोई अपराध किया होता तो मुझसे आपका परिचय अवश्य हुआ होता।"

"आप ठीक कह रहे हैं।" भोलाराम हँसे, "लिखकर दे दूँ कि हम आपको नहीं जानते?"

"नहीं! उससे तो काम नहीं चलेगा।" मैं हकलाया।

"तुम्हीं इतरा रहे थे कि यही सबसे बड़ा प्रमाण है। अब उसी प्रमाण को वहाँ प्रस्तुत क्यों नहीं करते?" उसने मुझे डाँटा, "अब तुम्हारी समझ में आया कि तुम्हें जाने बिना हम तुम्हें प्रमाणपत्र नहीं दे सकते। और पुलिस तुम्हें जाने इसके लिए आवश्यक है कि तुम कोई अपराध करो और यदि तुम अपराध करोगे तो तुम्हारा आपराधिक रिकॉर्ड होगा। यदि तुम्हारा आपराधिक रिकॉर्ड होगा, तो हम तुम्हें निरपराधी घोषित नहीं करेंगे। ऐसे में बिना हमसे जान-पहचान किये, अर्थात् बिना कोई अपराध किये तुम्हें प्रमाणपत्र चाहिए ही। इसलिए तुम प्रमाणपत्र पाने के लिए हमें उत्कोच दोगे। उत्कोच समझते हो न–रिश्वत! तुम हमको रिश्वत दोगे। रिश्वत देना अपने-आप में अपराध है। हम तुमको रिश्वत देने के अपराध

में धर लेंगे। तुम्हारा आपराधिक रिकॉर्ड लम्बा होता जायेगा...।"

"तो मुझे पुलिस की ओर से निरपाधिक प्रमाणपत्र कैसे मिल सकता है?"

"यह असम्भव है। पुलिस कोई ऐसा प्रमाणपत्र नहीं दे सकती।" भोलाराम बोले, "हमसे तो यह प्रमाणपत्र माँगो कि किसने कितने अपराध किये हैं।"

मैं निराश हो गया। किन्तु निराशा बड़ी अच्छी चीज है। वह अधिक देर टिकती ही नहीं। उसमें से थोड़ी देर में ही आशा की किरण फूटने लगती है। मुझे भी भोलाराम में रामलुभाया दिखायी देने लग गया। भोलाराम तो मात्र थानेदार था। रामलुभाया आजकल डी.एस.पी. था। वह बड़ा अफसर था। वह भोलाराम को ऐसी निराशाजनक बातें करने के लिए डाँट भी सकता था और मुझे प्रमाणपत्र भी दे सकता था। मैं रामलुभाया के दफ्तर में जा पहुँचा।

रामलुभाया ने मेरी बात सुनी और अपना माथा ठोंक लिया, "हम सप्ताहभर से अभियान चला रहे हैं कि जनता अपने देश की पुलिस को निरपराधिक घोषित करे। जनता स्वीकार करे कि भारत की पुलिस जनता की मित्र है, अपराधियों की नहीं।"

"तो?" मैंने पूछा।

"तो क्या?" रामलुभाया बोला, "यह तो उल्टी बात हो गयी। चरित्रहीन यदि किसी दूसरे व्यक्ति को चरित्रवान होने का प्रमाणपत्र दे भी दे, तो उसका महत्त्व ही क्या है?"

मैं उजबक-सा रामलुभाया की ओर देखता रहा।

"ऐसे क्या देख रहे हो।" उसने मुझे डाँटा, "ज्ञान की परख ज्ञानी करता है, चरित्र की परख चरित्रवान करता है, हम तो आकंठ अपराध में डूबे हैं, यदि तुम्हें प्रमाणपत्र दे भी दें कि तुम निरपराधिक हो, तो उसका कोई महत्त्व है?"

"नहीं।" मैंने कहा और उठकर खड़ा हो गया।

"कहाँ जा रहे हो?" उसने पूछा।

"घर।"

"अच्छा! हमारा एक काम करते जाओ।"

"क्या?" मैं हैरान रह गया, "मुझसे तुम्हें क्या काम है?"

"तुम सत्यवादी हो। समाज में तुम्हारे चरित्र का सम्मान है। तुम हमें एक प्रमाणपत्र दे जाओ कि हमारे देश की पुलिस अपराधी नहीं है।"

"पर ऐसा प्रमाणपत्र मैं तुम्हें कैसे दे सकता हूँ कि तुम निरपराधी हो।" मैंने कहा, "दुनिया जानती है कि प्रायः अपराध पुलिस के सहयोग से होते हैं। हमारी पुलिस अपराधियों के विरुद्ध कार्रवाई नहीं करती। हमारी पुलिस रिश्वत लेकर अपराधियों को छोड़ देती है। अनेक स्थानों पर तो पुलिस अपराधियों के साथ सहयोग भी करती है।"

इस बार रामलुभाया बिगड़ गया, "यदि तुम निरपराधिक होने का प्रमाणपत्र दे नहीं सकते, तो हमसे ऐसा प्रमाणपत्र माँगते ही क्यों हो। भागो यहाँ से।"

और उसने अपने सिपाहियों के माध्यम से मुझे दफ्तर से बाहर फिंकवा दिया।

[रचना : 5.7.95]

अभिलाषा

वे मेरे पास आये और बोले, "मेरा बेटा परीक्षा में फेल हो गया है, कृपया उसे पास करा दीजिये।"

उन्होंने अत्यन्त शालीन भाव से इतने स्पष्ट शब्दों में सब-कुछ कहा था, किन्तु फिर भी मैं कुछ समझ नहीं पाया। उनका पुत्र जिस कक्षा में था, उसे मैं नहीं पढ़ाता था, इसलिए यह तो सम्भव ही नहीं था कि मेरे अध्यापन की शिकायत कर रहे हों। तो क्या वे मुझे ट्यूशन पढ़ाने का निमन्त्रण दे रहे थे?...

"पर मैं तो ट्यूशन पढ़ाता ही नहीं।" मैंने कहा।

"आपको ट्यूशन पढ़ाने को कौन कह रहा है।" वे उतने ही निर्द्वन्द्व भाव से बोले, "मैं तो कह रहा हूँ कि इसे पास करवा दीजिये।"

"ओह!" मैंने कुछ शान्ति का अनुभव किया, "इस बार वर्ष के आरम्भ से ही वह गम्भीरतापूर्वक पढ़े। मैं भी उसका ध्यान रखूँगा। अन्य अध्यापकों से भी कह दूँगा। इस बार भगवान् अवश्य इसे अच्छे अंकों से पास करेंगे।"

"भगवान् ने पास करवाना होता तो मैं मन्दिर में जाता।" वे बोले, "भगवान् तो कुछ अधिक माँगता भी नहीं। सवा रुपये के प्रसाद से ही प्रसन्न हो जाता है...और उस सवा रुपये में से भी एक रुपये का प्रसाद घर वापस आ जाता है।"

"तो?" मैं कुछ समझा नहीं।

"अब ये सारी बातें वस्तुतः भगवान् के हाथ में हैं नहीं।" उन्होंने अपना निर्णय दे दिया, "कह नहीं सकता कि भगवान् ने स्वेच्छा से यह सब मनुष्य को सौंप दिया है, या स्वयं मनुष्य ने ही उससे झपट लिया है।"

"जी?"

"अब देखिये न। लड़कों को पास-फेल करना आजकल परीक्षकों की इच्छा पर निर्भर है।" वे बोले, "कभी-कभी अंकों की तालिका बनानेवाले लिपिक पर निर्भर होता है।"

"तो?" मैं अब भी कुछ नहीं समझा।

"आप तो बहुत ही नासमझ लगते हैं।" वे कुछ डाँट-डपट की मुद्रा में आ गये थे, "जाने किस दुनिया में रहते हैं कि कुछ समझते ही नहीं।" उन्होंने रुककर अपने आस-पास देखा, "मैंने सुना है कि कुछ दे-दिलाकर या डरा-धमकाकर बच्चों को पास कराया जा सकता है। अध्यापक ऐसा कर सकते हैं, छात्र-संघ के नेता कर सकते हैं, पुलिसवाले कर सकते हैं।"

मेरे चेहरे पर उड़ती हवाइयों को उन्होंने देख लिया था। बोले, "मेरे सामने अब आदर्शवाद मत बघारियेगा कि यह सब झूठ है, ऐसा होता ही नहीं है। मेरे पास निश्चित प्रमाण हैं कि सब-कुछ होता है।"

मैं ऐसे आदर्शवाद का कायल नहीं हूँ, जिसें तथ्यों को अनदेखा कर झूठ बोलना पड़े। इसलिए बोला, "आपके पास प्रमाण है तो होता होगा। मैं तो अज्ञानी हूँ : न यह कह सकता हूँ कि ऐसा होता है, न यह कह सकता हूँ कि ऐसा नहीं होता।"

"पर ऐसा होता है।" वे कड़ककर बोले, "आपको मानना पड़ेगा।"

"मान लेता हूँ साहब।" अब तक मैं आरम्भिक धक्के से उबर चुका था, "देखिये! आप भी जानते हैं कि बैंकों में डकैतियाँ होती हैं। होती हैं न?"

"जी।" वे बोले।

"किन्तु मुझे जब भी धन की आवश्यकता हुई, मैंने अपने एकाउंट में से चेक के माध्यम से पैसे निकलवाये। आज तक कभी भी बैंक लूटने की योजना नहीं बनायी।" मैं बोला, "मुझमें न वह साहस है, न वह कला। मैं जानता हूँ कि लूट का धन मुझे सुख नहीं दे सकता। आपने कभी कोई बैंक लूटा है?"

"आप मुझे डाकू समझते हैं क्या?" वे कुछ नाराज होते हुए दिखायी पड़े।

"नहीं। मैं आपको डाकू नहीं समझता।" मैं अब अपने अध्यापकीय हथकंडों पर आ गया था, "मैं आपके बेटे को डाकू बनने से बचाने का प्रयत्न कर रहा हूँ।"

"वॉट डू यू मीन?" इस बार उन्होंने अंग्रेजी में पूछा। पता नहीं घबरा गये थे या उनकी अफसरी ज़ाग उठी थी।

"भगवान् न करे, पर यदि आज आपकी मृत्यु हो जाये तो आपकी जायदाद किसे मिलेगी?" मैंने कहा, "बुरा मत मानियेगा, बस विचार-विमर्श के लिए यह एक प्रश्नमात्र है।"

“नहीं! बुरा मानने की क्या बात है।” वे मुस्कराये, “भंगी के कोसने से साँड नहीं मरा करते।”

“आपने मेरे प्रश्न का उत्तर नहीं दिया।” मैंने साँड़ की बात का बुरा नहीं माना।

“निश्चित रूप से मेरे इसी पुत्र को।” वे मेरी मूर्खता पर मुस्करा रहे थे।

“तो क्या आप चाहेंगे कि आपकी जायदाद प्राप्त करने के लिए वह आपकी हत्या कर दे?”

उनका मुख लाल हो गया और हथेलियाँ मुट्ठियों के रूप में भिंच गयीं।

“अब यह मत कहियेगा कि ऐसा होता नहीं है।” मैं बोला, “पर क्या आप चाहेंगे कि आपका पुत्र ऐसा करे?”

‘नहीं।” वे उठकर खड़े हो गये और अपने जबड़े भींचकर बोले, “किन्तु यह अवश्य चाहूँगा कि मैं अपने हाथों से तुम्हारा गला घोंट दूँ।”

सिक्योरिटी

मैं पूरी तरह डर गया था। वे पाँच-सात थे और उन्होंने मुझे पूर्णतः घेर लिया था। पता नहीं वे क्या करना चाहते थे। मैं उन्हें देखता ही रह गया।

"हम तुम्हें पिछले तीन दिनों से ढूँढ़ रहे हैं।" उनमें से एक बोला।

तो उन्होंने मुझे पा ही लिया था। अब वे मेरा अपहरण करेंगे अथवा हत्या करेंगे?

"मैंने क्या किया है?" मैंने रुआँसे स्वर में पूछा।

"बड़े लोगों को अपने घर बुलाते हो और पूछते हो कि क्या किया है।" वह व्यक्ति बोला।

मैं समझ गया, यह किसी साहित्यिक माफिया के भेजे हुए गुंडे होंगे। ऐसे बहुत सारे लोग बहुत दिनों से मेरे पीछे लगे हुए थे। मेरी लेखनी के प्रवाह से कुंठित, और अपनी कलम की सूखी स्याही से परेशान थे। किसी-न-किसी बहाने से मुझे भला-बुरा कहते ही रहते थे। अब शायद ईर्ष्यावश मेरा अपहरण करवाना चाहते थे।

"क्या चाहते हो?" मैंने पूछा।

"हम सिक्योरिटीवाले हैं।" उन्होंने मुझे धमकाया, "सीधे-सीधे हमारे प्रश्नों के उत्तर दो, नहीं तो मारे जाओगे।"

मैं कुछ आश्वस्त हुआ : वे लोग मेरी हत्या नहीं करना चाहते थे।

"पूछो।"

"पार्टी क्यों कर रहे हो?"

मन में आया, कहूँ 'बहुत सारा पैसा जमा हो गया था और काट रहा था। उससे छुटकारा पाने के लिए यह आयोजन किया है।' पर कहने का साहस नहीं हुआ। बोला, "क्या भारतीय संविधान में उसकी मनाही है?"

"नहीं! पर तुम्हारी पार्टियों से हमें परेशानी होती है। हम अपनी परेशानी का कारण जानना चाहते हैं।"

"मेरा पुत्र विदेश से लौटा है। उसके स्वागत के लिए यह आयोजन किया है।"

"कितने लोग आयेंगे?"

मन ने कहा, कह दे, 'मैं ज्योतिषी नहीं हूँ।' पर बोला, "बुलाये तो दो सौ आदमी हैं। अब कितने आ पायेंगे, कहना कठिन है।"

"जिन्हें बुलाया है, वे कैसे लोग हैं?" उसने पूछा, "मेरा तात्पर्य है, उनमें कोई अपराधी अथवा आतंकवादी तो नहीं है?"

मन ने कहा, कह दे, 'पंजाब और कश्मीर से तो क्या, अफगानिस्तान से भी बुलाये हैं।' पर कहा, "नहीं! भले लोग हैं। मेरे परिचित हैं। सम्बन्धी और मित्र हैं। आत्महत्या तो कर सकते हैं, किसी और का बुरा नहीं कर सकते। दूसरों की साहित्यिक हत्याएँ करनेवाले तो मेरे विरोधी साहित्यिक गुट के लोग हैं। उन्हें तो मैंने बुलाया ही नहीं है।"

मुझे स्मरण हो आया कि जब मैं उनको निमन्त्रित करने गया था, तो भी फाटक पर सुरक्षाकर्मियों ने पूछा था, "गाड़ी की डिक्की में क्या है?" और मेरा मन हुआ था कि कहूँ, "ए.के. 47 राइफलें और थोड़ा-सा आर.डी.एक्स.।" पर कहा इतना ही था, "स्टेपनी है।"

उन्होंने गाड़ी में मेरे साथ बैठी मेरी पत्नी की ओर देखा था, "ये तुम्हारी ही पत्नी हैं?"

मन ने कहा था, कह दे 'और क्या तुम्हारी पत्नी को साथ लेकर लोगों को आमन्त्रित करता फिरूँगा।' पर कहा, "मैं तो आज तक यही मानता आया हूँ। इच्छा चाहे होती है, पर किसी और की पत्नी को साथ लेकर कहीं जाने का साहस ही नहीं होता।"

उसने मुझे मूर्ख समझकर क्षमा कर दिया था।

आज फिर वह पूछ रहा था, "तुम्हारे अतिथियों से उनको कोई खतरा तो नहीं है?"

"नहीं!" मैंने कहा, "मेरे अतिथि तो उनसे प्यार करते हैं, उनका सम्मान करते हैं।"

"उनको किसी से मिलवाओगे तो नहीं?"

"और उनको बुलाया किसलिए है?" मैंने पहली बार साहस करके पूछा।

"उनको किसी से मत मिलवाओ।" उन्होंने आदेश दिया,। "और उनको हॉल के भीतर भी मत ले जाओ। वरन् हॉल तो बन्द ही कर दो। जाने वहाँ किस कोने में कौन छिपा हो। हमने उसकी तलाशी नहीं ली है।"

"मैंने हॉल का किराया दिया है और उनको हॉल में लेकर ही नहीं जाऊँ।" मैं झल्लाकर बोला।

"अब बकवास बन्द करो।" उसने मुझे डाँट दिया, "तुम्हारे पुत्र को चाहिए था, हमसे पूछकर देश लौटता। तुम्हें चाहिए था, हमसे पूछकर लोगों को आमन्त्रित करते, हमसे पूछकर हॉल आरक्षित करवाते। तुमने वह सब कुछ नहीं किया। अब जब वे आ ही रहे हैं, तो तुम सब लोग यहाँ से बाहर चले जाओ। जब वे लौट जायेंगे तो तुम लोग अपना उत्सव मना सकते हो।"

"पर यह तो अत्याचार है। मेरा और मेरे मेहमानों का अपमान है।" मैंने कहा।

"जी नहीं!" उसने मुझे डाँटकर शान्त कर दिया, "यह बड़े लोगों की सिक्योरिटी है।"

आओ सुखराम!

सुखराम आओ, सारा देश तुम्हारी प्रतीक्षा कर रहा है। इतनी आतुर प्रतीक्षा तो हमारे किसान ने मेघों की भी नहीं की। नेताओं ने चुनाव की नहीं की। गोपियों ने कृष्ण की नहीं की। प्रोषितपतिकाओं ने अपने प्रिय की नहीं की। अयोध्यावासियों ने राम की भी नहीं की।...पर सुखराम तुम्हारी प्रतीक्षा सारा देश कर रहा है। समाचारपत्रों के प्रतिनिधि अपनी लेखनी में मसि भरे बैठे हैं। छविकारों ने अपने कैमरे के लिए कई-कई रीलें फिल्म की खरीद ली हैं। कम्प्यूटर, टैलेक्स मशीनें और टाइपराइटर, सबका हृदय तुम्हारे आगमन के लिए धड़क रहा है। कब सुखराम आयें और कब उनका जीवन सार्थक हो।

पर होड़ तो लगी है आयुर्विज्ञान संस्थान और तिहाड़ कारागार में। मुझे ज्ञात नहीं कि तुम्हें दोनों में कौन अधिक प्रिय है। पर वे दोनों ही अपना-अपना अधिकार, बड़े तामझाम से जता रहे हैं। किसी बड़ी जायदाद के लिए जैसे उत्तराधिकारी झगड़ते हैं, वैसे ही चिकित्सालय और कारागार में प्रतिस्पर्धा हो रही है। दोनों के ही मन में बहुत ममता उमड़ रही है कि उनका लाड़ला कब देश की धरती पर उतरेगा और कब वे लोग उसे अपने आलिंगन में ले पायेंगे।

मेरी साली जब पहली बार लन्दन से अपने गोद के बेटे के साथ भारत लौट रही थी, तो बच्चे की दादी और नानी कुछ इसी मुद्रा में प्रतीक्षा कर रही थीं। जैसे ही वे लोग कस्टम के बाहर आये तो दोनों ही बच्चे पर झपट पड़ी थीं...मैं तेरी दादी। ...मैं तेरी नानी।...दोनों ने बच्चे को अपनी ओर खींचा था। बच्चा बहुत रोया था। वह न नानी के पास जाना चाहता था, न अपनी दादी के पास। पर वह यह भी देख रहा था कि उसकी माँ उसे उसकी दादी और नानी के संयुक्त आक्रमण से नहीं बचा सकती थी। वह कदाचित् यह नहीं समझ रहा था कि उनमें से कोई एक तो उसे पहले अपनी गोद में ले ही लेगी। पर हम लोग तो जानते ही थे कि उन दोनों में से एक तो उसे अपनी गोद में लेगी ही। वह रोये अथवा दहाड़े। वह उन दोनों से नहीं बच सकता था। और जब एक उसे अपनी गोद में घसीट लेगी और वह अपने भाग्य से समझौता कर लेगा कि वह दूसरी से बच गया है। जब वह चुप हो जायेगा। तब जिसकी भी गोद में होगा, वह

स्वयं ही कहेगी, "लीजिये। बहनजी अब आप भी इसे प्यार कर लीजिये।"

ऐसा ही हुआ था। उसकी नानी ने उसे घसीट लिया था। वह बहुत रोया था। पर नानी ने उसे मिठाई देकर बहलाया था। चुप कराने के लिए उसे दादी से बचाने का नाटक भी किया था। दादी को हाथ से परे धकेलकर कहा था। आप जाइये, यह तो मेरा बेटा है।

वह बहल गया था। उसे दादी की तुलना में नानी कुछ कम भयंकर लगी थी। उसके आँसू सूख गये थे। वह स्वयं को कुछ सुरक्षित महसूस करने लगा था। उसने नानी की दी हुई मिठाई मुँह में डालकर उसका स्वाद लेना आरम्भ ही किया था कि नानी ने उसे दादी की ओर बढ़ा दिया था, "लीजिये बहनजी! अब आप भी उसे प्यार कर लीजिये। आखिर आपका भी इस पर उतना ही अधिकार है, जितना मेरा है। शायद आपका अधिकार मुझसे भी अधिक है।"

नानी ने उसे दादी को थमा दिया था। माँ ने तो उसे बचाने का थोड़ा-बहुत प्रयत्न भी किया था। नानी ने तो स्वेच्छा से उसे दादी को सौंप दिया था।

मैं नहीं जानता कि भैया सुखराम! तुम पर किसका अधिकार अधिक है। पर अभी तो दोनों का ही अधिकार दिख रहा है। दोनों ही विमानपत्तन पर व्याकुलता से प्रतीक्षारत हैं। देखें तुम्हें कौन पहले घसीटता है। कौन कितनी देर तक अपनी गोद में रखकर, दूसरे को सौंपता है। रहोगे तो तुम दोनों की ही गोद में। मुझे उस बच्चे पर भी दया आ रही थी और तुम पर भी आ रही है। बच्चे पर तो दया इसलिए आ रही थी कि उसकी दादी और नानी, अपने मोह के कारण उस कोमल बच्चे के साथ खींचतान का खेल खेल रही थीं। उसकी माँ उसे किसी को भी सौंपना नहीं चाहती थी, पर शिष्टाचार के कारण बाध्य थी।...तुम पर दया इसलिए आ रही है कि जब आयुर्विज्ञान संस्थान और तिहाड़ जेल अपना नानी-दादी का शौक पूरा कर तुम्हें तुम्हारी माँ को सौंपेंगे, तो तुम्हारी माँ यह सोचकर प्रसन्न नहीं होगी कि उसका बच्चा उसकी गोद में लौट आया है। उसे स्मरण रहेगा कि यह उसकी सन्तान तो है, किन्तु उसकी सारी जमापूँजी को लूटकर उसे कंगाल करनेवाली सन्तान है।...मुझे तो बहुत सन्देह है कि भारतमाता, तुम्हें स्वीकार करेगी भी। गंगा का जल तुम्हारा नाम सुनकर ही संकुचित हो जायेगा। ...माँ के मन में प्यार नहीं उमड़ेगा तुम्हारे लिए। प्रतीक्षा तो वह भी कर रही है तुम्हारी, किन्तु नानी और दादी को सौंपने के लिए।

आओ सुखराम! सारा देश एड़ियाँ उठा-उठाकर तुम्हारी प्रतीक्षा कर रहा है।

व्यभिचारी

इस बार रामलुभाया विदेश से लौटा तो उसके साथ एक गोरी लड़की थी। लड़की सुन्दर थी और रामलुभाया पर बहुत मुग्ध लगती थी। बात-बात पर उसे छू लेने का कोई बहाना ढूँढ़ लेती थी। कभी उसके कन्धों पर सिर रख देती थी और कभी उसके बाल सँवारने लगती थी।

"विवाह कब कर रहे हो?" मैंने पूछा।

"विवाह? कैसा विवाह? किसका विवाह?" उसने पलटकर मुझसे पूछा।

"क्यों? तुम इस लड़की से प्रेम नहीं करते? इससे विवाह नहीं करोगे?"

"आपको भ्रम हुआ है।" वह हँसा, "हमारे बीच ऐसी कोई बात नहीं है।"

"तो तुम्हारे साथ कैसे घूम रही है वह?" मैंने प्रतिकार किया, "कोई लड़की ऐसे ही तो उठकर किसी के साथ नहीं चल देती।"

"मैं भारत आ रहा था," रामलुभाया ने बताया, "यह बोली कि इसके मन में भारत देखने की अत्यन्त उग्र इच्छा है, पर इसके पास यहाँ ठहरने का कोई ठिकाना नहीं है। यदि मुझे आपत्ति न हो तो यह मेरे साथ भारत आना चाहेगी। मैंने हाँ कर दी और यह मेरे साथ आ गयी। इससे अधिक कुछ भी नहीं है। व्यर्थ ही हमारे विषय में उलटी-सीधी कल्पनाएँ मत करो।"

लड़की के हाव-भाव देखकर मुझे रामलुभाया की बात का विश्वास तो नहीं हो रहा था, फिर भी मैंने उसकी बात मान लेना ही उचित समझा। व्यर्थ के विवाद में क्या रखा था। विवाद तो मैंने नहीं किया किन्तु परामर्श देने का अपना अधिकार फिर भी नहीं छोड़ा। बोला, "यदि तुम दोनों के मध्य कुछ नहीं भी है तो क्या हुआ। लड़की अच्छी है। समाचारपत्र में विज्ञापन देकर भी ढूँढ़ोगे तो भी ऐसी लड़की नहीं मिलेगी। इससे विवाह कर लो। सुखी रहोगे। तुम करो न करो, पर वह तुमसे प्रेम करती है।"

मेरी बात सुनकर वह बहुत हँसा। भिन्न-भिन्न प्रकार से हँसा। मैं चकित दृष्टि से उसे देखता रहा।

"तुम नहीं जानते हो कि यदि मैंने विवाह का प्रस्ताव किया तो क्या होगा।"

"क्या होगा?" मैंने पूछा।

"वह मना कर देगी और कहेगी कि मैं मूर्ख हूँ जो मैत्री और प्रेम में अन्तर नहीं कर सकता। वह मेरे देश में चली आयी तो क्या मेरी प्रेमिका हो गयी?"

"कहेगी तो कहेगी। तुम प्रस्ताव करके तो देखो। मेरा विचार है कि वह तुमसे बहुत-बहुत प्रेम करती है।" मैंने कहा, "मैं समझता हूँ कि वह तुमसे विवाह करने को व्यग्र है। बस तुम्हारे कहने की देर है।"

"सम्भव है कि तुम्हारा ही अनुमान ठीक हो, पर तुम इन लोगों को नहीं जानते।" वह बोला, "यह भारतीय लड़की नहीं है कि विवाह हो गया तो सारा जीवन मेरे साथ काट देगी। यह तो फिरंगन है। दो-चार महीने में सब कुछ समेट, अंगूठा दिखाकर चल देगी।"

मैं रामलुभाया को देखता ही रह गया : ठीक कह रहा था रामलुभाया। मैं तो उस लड़की का रूप और व्यवहार ही देख रहा था। रामलुभाया उसके मन को जानता था। वह यह भी जानता था कि हमारे देश में आने का अर्थ, भारत के प्रति प्रेम नहीं था। वह लड़की नहीं थी, वह तो कोई बहुराष्ट्रीय व्यापारिक कम्पनी थी। हमारा देश देखने हमारे साथ आयी थी, और रामलुभाया का तन, मन और धन–सब कुछ समेटकर ले जाना चाहती थी। यह बात रामलुभाया जैसा बौड़म भी समझता था तो हमारे देश के शासक क्यों नहीं समझते? गोरी चमड़ी का जादू उनसे सँभाला नहीं जा रहा था। स्वयं पुकार-पुकारकर उन्हें बुला रहे थे। यह नहीं जानते कि पिछली बार वे आये थे तो दो सौ वर्षों तक समेटते रहे। इस बार आ गये तो जाने कितने समय तक हमारा तन-मन-धन चूसते रहेंगे।

"रामलुभाया तुम बड़े समझदार हो।" मैंने कहा, "हमारे शासक इतनी-सी बात क्यों नहीं समझते? वे क्यों अपने देश का हित नहीं चाहते?"

"यह संकट तो विवाह की बात सोचनेवाले का है। एक निष्ठावान पति का संकट।" रामलुभाया हँसा, "व्यभिचारी का कोई क्या लूट लेगा।"

भावना और अभिव्यक्ति

रामलुभाया आकर मेरे सामने बैठ गया था और मैं सोच ही रहा था कि वह आज के समाचारपत्र का कौन-सा समाचार मुझे सुनायेगा कि उसने कमरे की छत की ओर देखा और आँखें ही बन्द नहीं कीं एक आह भी भरी, "हे भगवान! इस देश का क्या होगा?"

"क्यों? क्या हो गया, इस देश को आज?" मैंने पूछा।

"सलमान रश्दी भारत आ रहा है।" वह बोला, "और भारत सरकार उसे आने की अनुमति देने को तैयार है, या फिर अनुमति दे चुकी है।"

"तो?" मैंने पूछा।

"समाचारपत्र नहीं पढ़ा क्या?" वह खीजकर बोला।

"समाचारपत्र तो में पढ़ता हूँ किन्तु तुम्हारे दृष्टिकोण से नहीं पढ़ता, इसलिए तुम्हारे अर्थ को भाँप नहीं पाता। अब तुम बताओ, तुमने समाचारपत्र में क्या पढ़ लिया है।"

"भारत के मुसलमान उसका विरोध कर रहे हैं।" वह बोला।

"तो क्या हुआ?" मैंने कहा, "पाकिस्तानी खिलाड़ियों, गायकों और कवियों का भारत आने का विरोध अनेक हिन्दू कर रहे थे। पर सरकार तो इस प्रकार की बातें नहीं मानती।"

"वह और बात थी। खेलों और क्रिकेट के कुछ विरोधी दंगा कर रहे थे।" वह बोला, "यह उससे भिन्न स्थिति है। इससे मुसलमानों की भावनाएँ आहत होंगी। सोचो कितने करोड़ मुसलमान हैं, उनकी भावनाएँ आहत करना कोई अच्छी बात है क्या?"

मैं कभी-कभी समझ नहीं पाता हूँ कि रामलुभाया का मस्तिष्क किस प्रकार का बना हुआ है। कभी लगता है कि उसको कुछ स्मरण नहीं रहता। कभी लगता है कि वह किसी एक स्थान अथवा तर्क पर टिक नहीं पाता। कभी लगता है कि वह तुलना नहीं कर पाता। कभी लगता है कि वह भयंकर धूर्त है और झूठ बोलने में उसका कोई प्रतिद्वन्द्वी नहीं है।

"रामलुभाया!" मैंने कहा, "शिव सेनावाले क्रिकेट का नहीं, पाकिस्तान

की शत्रुतापूर्ण नीति का विरोध कर रहे थे। इतनी-सी बात समझ नहीं आती तुम्हें?"

"ऐसी बातें समझने लगूँगा मैं तो मेरी विचारधारा दूषित नहीं हो जायेगी?" वह बोला, "मैं तो वही समझता हूँ जो मेरी विचारधारा समझती है।" उसने रुककर मेरी ओर देखा!

"पर जब हुसेन के चित्रों और फायर नामक फिल्म से हिन्दुओं की भावनाएँ आहत हुई थीं तो तुम सबने अभिव्यक्ति की स्वतन्त्रता की आड़ ली थी।" मैं बोला, "अब सलमान रश्दी को भी अभिव्यक्ति की स्वतन्त्रता दो।"

"नहीं! यह नहीं हो सकता।" वह बोला, "तुम चाहते हो कि हम अपने देश के करोड़ों मुसलमान भाइयों की भावनाओं को आहत करनेवाले का स्वागत करें?"

"मैं वह सब नहीं चाहता।" मैंने कहा, "पर तुम्हारे अभिव्यक्ति की स्वतन्त्रतावाले नारे का क्या होगा? बल्कि मुझे तो पूछना है कि कलाकारों की स्वतन्त्र अभिव्यक्ति के पक्ष में वक्तव्य देनेवाले, उसके लिए आन्दोलन और अनशन करनेवाले अब कहाँ सो गये हैं? उन्हें बुलाओ और कहो कि वे अंग्रेजी के समाचारपत्रों में वक्तव्य छपवाएँ और रश्दी का भारत आने का स्वागत करें और उसका विरोध करनेवालों की निन्दा करें।"

"बेकार की बात मत करो। दंगा हो जायेगा।" वह बोला, "तुम मुसलमानों के विरोधी हो, इसलिए ऐसी बातें करते रहते हो।"

"मैं मुसलमानों का विरोधी नहीं हूँ रामलुभाया! किसी का समर्थन और किसी का विरोध तो तुम्हारा पाखंड है; और मैं तुम्हारे पाखंड का विरोधी हूँ।"

"तुम चाहते हो कि रश्दी का विरोध किया जाये?" उसके चेहरे पर प्रभात का सा आनन्द छा गया था।

"मैं किसी का विरोध और किसी का समर्थन नहीं कर रहा।" मैंने कहा, "मैं तो केवल यह कह रहा हूँ कि कलाकार की अभिव्यक्ति की स्वतन्त्रता को ठीक से समझा जाना चाहिए। किसी की मानसिक विकृति को उसकी स्वतन्त्रता मानकर उसे यह अधिकार नहीं दे देना चाहिए, कि वह कला, कला की देवी और कला के प्रशंसकों का अपमान करे। कलाकार भी समाज का वैसा ही अंग है, जैसा कोई अन्य नागरिक होता है। गालियाँ देने, नंगे चित्र बनाने और किसी समाज की भावना को आहत करने तथा उन्हें अपमानित करने के प्रयत्न से कभी कला नहीं जन्मती और न कोई उससे महान् हो सकता है। कला तो सात्विक भाव का सहज उद्रेक है।"

"यह सब हम नहीं समझते।" वह बोला, "हम तो राजनीति समझते हैं।

बताओ, अब हम क्या करें। हम सलमान रश्दी के भारत आने का विरोध करना चाहते हैं, क्योंकि हम मुसलमानों को प्रसन्न करना चाहते हैं।"

"तुम कला को कभी समझ नहीं पाओगे, क्योंकि तुम अपने स्वार्थवश या तो किसी को प्रसन्न करना चाहते हो अथवा किसी का विरोध करना चाहते हो।" मैंने कहा, "मैं कला को उसके सात्विक रूप में देखता हूँ इसलिए मैं न तो हुसेन के चित्रों का समर्थन करूँगा, न रश्दी की लेखनी का और न ही फायर जैसी फिल्म का। मैं कला के स्वरूप को ध्यान में रखूँगा, मनुष्य की भावना का सम्मान करूँगा, तुम्हारे समान कला का विधान अपनी राजनीति के कीचड़ में रँगकर प्रकाशित नहीं करूँगा।"

कांग्रेस

मेरे पास वैसे तो और भी बहुत सारे सार्थक काम थे, पर मैं क्या करता रामलुभाया आज मुझे अंग्रेजी पढ़ाने का मन बनाकर ही मेरे घर आया था। मैकाले भारतीयों को अंग्रेजी पढ़ाने का मन बनाकर ही शिक्षा नीति पर चिन्तन करने बैठा था। जवाहरलाल नेहरू अंग्रेजी को भारत की राष्ट्रभाषा बनाने का संकल्प लेकर ही प्रधानमन्त्री बने थे। जब उन लोगों को कोई नहीं रोक सका तो मैं रामलुभाया को ही कैसे रोक लेता।

"बताओ कॉन (con) का अर्थ क्या होता है?" उसने पूछा।

"कोई एक अर्थ नहीं होता, बहुत सारे अर्थ होते हैं।" मैंने कहा।

"ठीक से उत्तर दो, नहीं तो अंग्रेजी न जानने के अपराध में अनपढ़ों के वर्ग में डाल दिये जाओगे।" मुझे लगा, वह मुझे ठीक वैसे ही धमका रहा था, जैसे कोई जेलर किसी हत्यारे को धमकाये कि ठीक से काम करो नहीं तो राजनीतिक कैदियों की वार्ड में डाल दिये जाओगे।

मैंने उसका विरोध करना उचित नहीं समझा। जानता था कि राज तो अंग्रेजीदासों के हाथ में ही है। वे जो न चाहे कर दें।

"प्रो (pro) का विलोम शब्द है कॉन (con)।" मैंने कहा, "प्रोस एंड कॉन्स (pros and cons) का अर्थ है पक्ष और विपक्ष।"

"चलो आज तुम्हारी ही अंग्रेजी से काम चला लेते हैं।" वह हँसा, "तो बताओ प्रोग्रेस (progress) का क्या अर्थ है?"

"उन्नति, प्रगति अथवा विकास।" मैंने कहा।

"प्रोग्रेस (progress) का अर्थ उन्नति, प्रगति अथवा विकास।" उसने एक अच्छे अध्यापक के समान दुहराया, "प्रो (pro) का विपरीत है कॉन (con)। ठीक है?"

"ठीक है।" मैंने सहमति दे दी।

"प्रो (pro) का विरोधी कॉन (con)। अब प्रोग्रेस (progress) का विरोधी शब्द बनाओ।"

मैं उसका अभिप्राय ठीक-ठीक समझ नहीं पा रहा था। इसलिए कुछ बोला नहीं।

"मूर्ख आदमी।" वह झल्लाकर बोला, "प्रो का विरोधी कॉन। इसलिए प्रोग्रेस (progress) का विरोधी कांग्रेस (congress) अर्थात् कांग्रेस। समझे? नहीं समझे??"

"समझ गया।" मैं बोला, "पर तुम अब तक कहाँ थे। पहले क्यों नहीं बताया, इतनी स्पष्ट तो बात है?"

"मैं अब तक शोध कर रहा था कि यह देश इन पचास वर्षों में 'प्रोग्रेस' क्यों नहीं कर पाया तो अन्ततः मेरी समझ में आया कि जहाँ शासन कांग्रेस का हो, वहाँ प्रोग्रेस अथवा प्रगति हो ही कैसे सकती है।"

मैं भी चकित था कि सारा देश पचास वर्षों तक यही पूछता रहा कि प्रगति हो क्यों नहीं रही, पर उसकी समझ में एक सीधी-सी बात नहीं आयी। कौन हमारी बुद्धि भ्रष्ट किये हुए था? कौन हमारी सोच को अवरुद्ध किये हुए था? कौन हमें भ्रमित किये हुए था?

"पर हम आज तक यह समझ क्यों नहीं पाये?" अन्ततः मैंने पूछ ही लिया।

वह हँसा, "एक अमरीकी विद्वान ने आपत्ति की कि देश की संसद को कांग्रेस न कहा जाय, क्योंकि उसका तो आरम्भ ही विरोध से है। उसका नाम प्रोग्रेस ही रख दिया जाये। तो उसको समझाया गया कि कांग्रेस नाम ही उचित रहेगा। उनका काम ही कुछ इस प्रकार का है। विद्वान ने पूछा कि ऐसा क्या काम है कि उस प्रतिनिधि सभा को कांग्रेस ही कहा जा सकता है। उसे बताया गया कि कांग्रेस में एकत्रित हुए लोगों का एक ही लक्ष्य है। वे लोग सारे देश को समान रूप से ठगते और दिग्भ्रमित करते हैं। तो फिर उस संस्था का नाम कांग्रेस के सिवाय और हो ही क्या सकता है?"

मैं मौन हो गया। मैं अपने सामने खड़े रामलुभाया को भी भूल गया। मेरे सामने अपने देश का इतिहास जीवन्त हो उठा था। मैं अपनी आँखों के सम्मुख उन लोगों को पूर्णतः जीवन्त रूप में देख रहा था, जिन्होंने इंडियन नेशनल कांग्रेस की स्थापना की थी। कितने दूरदर्शी थे वे लोग। उन्होंने तब ही जान लिया था कि देश के स्वतन्त्र होने के पश्चात् पंडित जवाहरलाल नेहरू के नेतृत्व में कांग्रेस को क्या करना है। सबको समान रूप से वंचित ही तो करना है। कितना सार्थक नाम चुना था, उन लोगों ने। धन्य थे वे लोग। और उनकी दूरदृष्टि को किस दक्षता से सत्य प्रमाणित किया था इस कांग्रेस ने।

गोलगप्पे

समाचारपत्र में एक सचित्र समाचार छपा था नर्सों की हड़ताल के विषय में। एक चित्र किसी अस्पताल के किसी वार्ड का था और दूसरे में हड़ताली नर्सें गोलगप्पे खा रहा थीं। शीर्षक था : रोगी तड़पते रहे और नर्सें गोलगप्पे खाती रहीं। जिसने भी पढ़ा उसे बड़ा बुरा लगा। कैसी नर्सें हैं, हड़ताल कर देती हैं और फिर गोलगप्पे खाने लगती हैं। उन्हें चाहिए कि या तो हड़ताल न करें या फिर गोलगप्पे न खायें। कुछ दिन पहले ऐसा ही पीड़ादायक समाचार अध्यापकों के विषय में भी छपा था। लड़कों की परीक्षाएँ होती रहीं और अध्यापक आइसक्रीम खाते रहे। विश्वविद्यालय अनुदान आयोग ने उन्हें धमकी दी कि वह उनकी आइसक्रीम तो क्या रोटी भी छीन लेगा। यह सब पढ़कर मुझे बहुत कष्ट हुआ।

मैंने एक नर्स से पूछा, “तुम लोग गोलगप्पे खाने के लिए हड़ताल क्यों कर देती हो? देखो रोगी तड़प रहे हैं।”

“जब रोगी गोलगप्पे खा रहे थे और हम तड़प रही थीं, तब तो किसी समाचारपत्र ने हमारा चित्र नहीं छापा था।” उसने कहा, “हम कहती रहीं कि अपने दोने में से दो गोलगप्पे हमें भी दे दो, पर किसी ने सुना ही नहीं। हम अपनी वर्दी में थीं, इसलिए किसी ने गोलगप्पे नहीं दिये। तो क्या करतीं। वर्दी उतारकर एक ओर रख दी और गोलगप्पे खाने लगीं। जो तड़पता है, वही चिल्लाता है। दूसरे की पीड़ा पर तो कोई कुछ कहता ही नहीं कि देखो वह तड़प रहा है। उसकी ओर ध्यान दो। यह मौन ही तो हमारा रोग है।”

“वह सब ठीक है।” मैंने कहा, “पर कोई रोगी तो तुम्हारा वेतन नहीं बढ़ा सकता, वह क्या करे। तुम उसे तड़पाकर अपना वेतन नहीं बढ़वा सकतीं, चाहे उसे मार ही डालो।”

“ठीक कहते हो।” वह बोली, “हमारे वेतन के लिए वह जिम्मेदार नहीं है तो फिर हमारी सेवा पर उसका अधिकार कैसे है।”

“अरे भाई तुम्हारा वेतन तो सरकार बढ़ायेगी न! तुम उससे शिकायत करो, उससे लड़ो, उसे तड़पाओ। रोगियों के साथ ऐसा व्यवहार क्यों करती हो?”

"वैसे तो सारा सरकारी तन्त्र ही रोगी है, किन्तु वह उस रोग के उपचार के लिए तो पास आता नहीं। नहीं तो हम उसको सूई घोंपकर ठीक कर देतीं। आते तो ये रोगी ही हैं न!"

"पर वह तो तुम्हारे वेतन के लिए कुछ नहीं कर सकता।" मैंने उसे समझाया।

"तो हम भी उसके रोग के लिए कुछ नहीं कर सकतीं।" वह बोली।

"कैसी नासमझ हो।" मैंने उसे डाँटा, "जिस सरकार से तुम्हें वेतन मिलता है, वह उस साधारण रोगी की ही सरकार है।"

"वह ऐसी रोगी सरकार बनाता है तो उसे फिर ऐसा ही रुग्ण व्यवहार मिलेगा।" वह पूर्णतः आश्वस्त थी।

"वह इस देश का मतदाता है, करदाता है।" मैंने उसे डराया।

"वह तो हम भी हैं।" वह बोली, "उस दृष्टि से सरकार हमारी भी है। हमारा भी अधिकार बनता है कि सरकार के कान उमेठें और गोलगप्पे खायें।"

"यह तो कोई समाधान न हुआ भाई।" मैंने कहा, "आखिर तुम लोग चाहती क्या हो?"

"हम चाहती हैं कि मतदाता एक अन्धी-बहरी सरकार देखकर स्वयं भी अन्धा-बहरा न हो जाया करे। उसे केवल अपनी ही पीड़ा का ध्यान न हो। दूसरों की पीड़ा भी देखनी चाहिए। वह चाहता है कि हम उसके घावों पर पट्टी बाँधें तो वह हमारे घावों पर भी पट्टी बाँधे। नहीं तो हम गोलगप्पे खायेंगी और वह तड़पेगा। पट्टी सरकार नहीं बाँधेगी। पट्टी हम ही बाँधेंगी। अपनी-अपनी पीड़ा पर रोने से अच्छा है कि हम एक-दूसरे की पीड़ा का भी ध्यान रखें।"

"तुम्हारी माँगें तो बड़ी सामाजिक हैं।" मैंने कहा, "विमान चालकों के समान नहीं हैं कि उनका वेतन तो लाखों में हो, और किसी को रोटी मिले या न मिले।"

"यही बात।" उसने मेरे हाथ पर ताली बजायी, "समाज में सामंजस्य चाहिए तो सब ओर ध्यान दो। अब अध्यापक लोगों से कहो कि तुम राष्ट्र का निर्माण करो और समाज उनको तनिक सहानुभूति भी न दे। यह नहीं चलेगा। समाज अपने गोलगप्पों की ओर ही ध्यान करेगा तो हम भी गोलगप्पे खायेंगी और समाज रोगी होता जायेगा।"

जाननेवाले

रामलुभाया पहले से ही तैयार था। गाड़ी यार्ड से निकलकर आयी थी और रेंगती हुई प्लेटफार्म पर लग रही थी। उसने गाड़ी के रुकने की भी प्रतीक्षा नहीं की। सरकती गाड़ी पर ही कूद पड़ा और पायदान पर खड़ा हो गया। डब्बे के कपाट भीतर से बन्द ही लग रहे थे। फिर भी छिपकली अथवा चमगादड़ के समान लटके रहने में कोई हानि नहीं थी। गाड़ी के रुकने की प्रतीक्षा करता तो उससे पहले ही दर्जनों लोग मक्खियों के समान उस कपाट से चिपक जाते।

गाड़ी रुकी तो रामलुभाया ने जोर मारा और कपाट खुल गये। वह विजयी योद्धा के समान पहले यात्री के रूप में डब्बे में प्रविष्ट हुआ, जैसे चाँद पर पहला अन्तरिक्षयात्री उतरा था। पर डब्बे की स्थिति देखकर उसके पैर वहीं कीलित हो गये। वह तो डब्बे को खाली समझकर चढ़ा था और यहाँ प्रत्येक बर्थ पर एक या दो लोग बैठे अथवा सो रहे थे।

पर उसने शीघ्र ही निर्णय कर लिया। लेटे हुए एक आदमी के पास पहुँचकर बोला, "उठो भाई! जगह दो। न यह सोने का समय है और न यह डब्बा आरक्षित है। सोना है तो शयनयान में जाओ।"

"बक-बक मत कर।" उस व्यक्ति ने उसे उपदेश दिया, "जगह चाहिए तो सीधे-सीधे बात करो, पचास रुपये एक सीट के लगेंगे। बोलो।"

"सीट तुम्हारे बाप की है क्या?" रामलुभाया आगे से बाहर हो गया, "रेलवे की सम्पत्ति पर कब्जा करके बैठो हो और पैसे माँग रहे हो।"

वह व्यक्ति हँसा, "चीख तो ऐसे रहे हो जैसे रेलवे तुम्हारे बाप का है।"

अब तक डब्बे में बहुत भीड़ हो गयी थी। धक्का-मुक्का चल रहा था। एक व्यक्ति भीड़ में जगह बनाता हुआ उस लेटे हुए व्यक्ति के सामने दो लोगों को प्रस्तुत करता हुआ बोला, "दो सीट। पैसे मिल गये हैं।"

लेटे हुए व्यक्ति ने दो सीटें आगन्तुकों को दे दीं।

रामलुभाया का तो जैसे फ़्यूज ही उड़ गया। राजधानी में खुले आम, सार्वजनिक रूप से इस प्रकार का अत्याचार।

उसने अपनी यात्रा स्थगित कर दी। वह डब्बे से बाहर निकल आया।

प्लेटफार्म पर एक वर्दीधारी सिपाही को देखकर बोला, "तुम यहाँ घूम रहे हो और वहाँ डब्बे में गुंडागर्दी हो रही है।"

"मेरे होते हुए गुंडागर्दी कोई और कर रहा है।" सिपाही बोला, "चलो देखता हूँ। कौन माई का लाल है।" और सहसा उसके पग थम गये, "तुमने क्या बताया? कहाँ हो रहा है और क्या हो रहा है?"

"वह जो बिना आरक्षणवाला एक मात्र डब्बा है न, उस पर कुछ गुंडों ने कब्जा कर लिया है। वे लोग यात्रियों से पैसे लेकर उन्हें स्थान दे रहे हैं।"

"ओह। वह!" सिपाही बोला, "वह तो... अच्छा मैं हवलदार को लेकर आता हूँ।"

सिपाही विलुप्त हो गया। रामलुभाया समझ गया कि वह गुंडों से डर गया है। पर रामलुभाया तो डरनेवाला जीव ही नहीं था। वह स्टेशन की चौकी में जा पहुँचा।

"आप जानते ही नहीं हैं कि स्टेशन पर कितनी गुंडागर्दी हो रही है।"

"क्या हो रहा है?" चौकी इंचार्ज ने पूछा।

रामलुभाया ने उसे बताया और कहा, "आपकी नाक तले इतना कुछ हो रहा है और आपको कुछ पता ही नहीं है।"

चौकी इंचार्ज मुस्कराया, "हमें तो सब पता है। पता आपको ही नहीं है।"

"क्या पता है आपको?"

"आपको जो लोग लेटे हुए मिले, वे हमारे ही आदमी हैं।" इंचार्ज बोला, "वह डब्बा रेलवे ने पुलिस कोटे में हमको दिया है और हम अपनी शैली में उससे पैसा बना रहे हैं।"

"सरकारी सम्पत्ति का अपहरण।" रामलुभाया चिल्लाया, "मैं सरकार से शिकायत करूँगा।"

"जिनके भरोसे सरकार चलती है, उनके विरुद्ध शिकायत करोगे।" इंचार्ज ने बाहर की ओर देखकर पुकारा, "ओ गैंडासिंह! इस सिरफिरे को बन्द कर दे और इस पर गाड़ी में दंगा करने का केस बना दे। डब्बेवाले लड़के लौटें तो उनके नाम गवाही में डाल देना। साला सरकार को बतायेगा, जैसे सरकार आज तक जानती ही न हो।"

खोजी

वे आये और बैठने अथवा पानी माँगने से भी पहले बोले, "आपकी पत्नी कहाँ हैं?"

"क्या काम है आपको उनसे?" मैंने पूछा, "चाय-वाय तो मैं पिला ही दूँगा।"

"चाय नहीं, मैं समाचार लेने आया हूँ। कहाँ हैं वे?"

"अरे समोसे भी मँगवा दूँगा।"

"वह तो ठीक है, पर आपकी पत्नी घर पर नहीं हैं क्या?"

"नहीं।" अन्ततः मुझे स्वीकार करना ही पड़ा।

"कहाँ गयी हैं?" उन्होंने पूछा।

"गयी नहीं हैं।" मैंने कहा, "अभी आयी ही नहीं हैं।"

"कहाँ से नहीं आयी हैं?" उन्होंने मेरी ओर अविश्वास से देखा, "अब यह मत कह दीजियेगा कि वे अभी अपने मायके से ही नहीं आयी हैं।"

"नहीं। मायके से तो मैं उन्हें तीस वर्ष पहले ही ले आया था।" मैंने कहा, "कॉलेज से नहीं आयी हैं।"

"अभी तक कॉलेज से नहीं आयीं?" उन्होंने घूरकर मुझे देखा, "कैसा कॉलेज है जो इस समय तक चल रहा है।" उन्होंने मुझे कोई उत्तर नहीं देने दिया, "अब झूठ मत बोलियेगा। सच-सच बता दीजिये कि क्या हुआ है। हद हो गयी। हम जिनके सुखी दाम्पत्य जीवन को आदर्श मानते थे, अब वे ही लड़ बैठे। छोड़ गयीं आपको। क्या कर दिया आपने?"

मुझे लग रहा था कि यदि वे चुप नहीं हुए तो मैं उन्हें मार ही बैठूँगा।

पर वे चुप हो गये और मुझे कुछ बोलने का अवसर मिला।

"बात क्या है?" मैंने पूछा, "क्या कोई पुलिस की जाँच-पड़ताल है?"

"मुझे रामलुभाया ने बताया है कि आपकी पत्नी आपको छोड़ गयी हैं। और आप बहाने बना रहे हैं कि वे कहीं और मकान लेकर रह रही हैं। सच बताइये कि बात क्या है।"

"हाँ! यह तो ठीक है कि वह अपने कॉलेज के होस्टल में चली गयी है।"

"क्यों?" उन्होंने इस प्रकार पूछा, जैसे नहीं बताने पर तत्काल गोली मार देंगे।

"वहाँ एकान्त है। रोज-रोज इतनी दूर आना-जाना नहीं पड़ेगा। पढ़ने-लिखने की सुविधा रहेगी।"

"अब झूठ मत बोलिये।" वे बोले, "पढ़ने-लिखने के लिए कोई अपने पति को छोड़ देता है और वह भी भारतीय महिला।"

"अरे छोड़ने-छुड़ाने की बात कहाँ से आ गयी।" मैंने प्रमाण देने आरम्भ कर दिये, "शुक्रवार की सन्ध्या को घर आ जायेगी। आकर मिल जाना। जो पुछना हो उससे पूछ जाना।"

"इतना समय नहीं है हमको।" वे बोले, "स्पष्ट है कि आपने कहीं ताक-झाँक की होगी। सारे लेखक यही करते हैं। उसी से दुखी होकर वे घर छोड़कर चली गयी होंगी।"

"जब तुम सब कुछ जानते ही हो तो फिर पूछते क्या हो।" मैंने कहा।

"अब माने आप।" उन्होंने कहा, "अच्छा कितने पर फैसला हुआ?"

"क्या अभिप्राय है तुम्हारा?" मैंने पूछा।

"कितना रुपया देना पड़ा?" उन्होंने कहा, "मकान किसके नाम है? गाड़ी किसके पास है? और भी गहनों और पैसों का कैसा बँटवारा हुआ है?"

मैं थोड़ी देर तो उन्हें देखता रहा कि उन्हें कैसे विश्वास दिलाऊँ, फिर कहा, "मकान मेरे पास है, शेष सारा कुछ वह ले गयी।"

"यही होना चाहिए। महिलाओं को स्वतन्त्र हो जाना चाहिए। और आप जैसों को तो अच्छी तरह पीसना चाहिए। जितना तेल निकल सके, उतना निकाल लेना चाहिए।"

अन्दर फोन की घंटी बज रही थी। मुझे जल्दी थी। मैंने कहा, "हाँ! ठीक कहते हो।"

"एक चित्र दे सकते हैं?" उन्होंने पूछा।

"किसका? अपनी पत्नी का या अपना?"

"नहीं! उस महिला का, जिसके कारण आप दोनों में झगड़ा हुआ है।"

मैं सोचता रहा। फिर कहा, "दो-एक दिनों में हम अपनी मंगनी की घोषणा करनेवाले हैं। आकर चित्र ले जाना।"

"अच्छा, उसे बाद में देख लेंगे। मैं यह समाचार तो कल ही छपवा रहा हूँ।"

"अच्छा।"

उन्हें विदा कर मैंने फोन उठाया, "हाँ जी!"

"क्या कर रहे थे?" पत्नी का स्वर था, "तब से घंटी बज रही है, उठाते ही नहीं हो। कोई सहेली तो नहीं बुला रखी घर पर। मेरी अनुपस्थिति का अधिक लाभ उठाने का प्रयत्न मत करना। नहीं तो मुँह झुलस दूँगी, उस कलमुँही का।"

"झुलस देना। बताओ, फोन क्यों किया? होस्टल का फोन है, कभी भी कट सकता है।"

"होस्टल में खाना किसी काम का नहीं है। मैं घर आ रही हूँ। रात का खाना तुम्हारे साथ ही खाऊँगी।" वह बोली, "लिखना-पढ़ना तो हो नहीं रहा, मेरी डायटिंग हो रही है। मेरी प्रतीक्षा करना, मेरे आने से पहले खा मत लेना।"

मन्त्री का आदमी?

रामलुभाया मन्त्री बन गया है। मैंने सोचा, उसे बधाई दे आऊँ और यह भी स्मरण करा आऊँ कि मेरी और उसकी मित्रता बहुत पुरानी है। अब जब वह मन्त्री बन गया है तो कहीं मुझे भूल ही न जाये। बहुत दिनों से मेरी पदोन्नति भी रुकी हुई थी, उसकी भी चर्चा कर आऊँ। कुछ तो सहायता करेगा ही।

मैं सीधा उसके पास नहीं जा सका, जैसे कि अब तक जाया करता था। पर्ची भेजनी पड़ी, किन्तु उसने मुझे शीघ्र ही भीतर बुला लिया। मैंने बधाई दी तो हँसा और बोला, "अब मैं मन्त्री हो गया हूँ। तुम्हें किसी प्रकार की कोई कठिनाई नहीं होगी। समझो तुम्हारा अपना ही राज है। अच्छा! तुम्हारे विभाग में कितनी नौकरियाँ खाली हैं?"

मैं कुछ चकित तो हुआ, किन्तु अपना आश्चर्य मैंने प्रकट नहीं होने दिया। बोला, "अभी तो बस एक टाइपिस्ट की जगह ही खाली है।"

"ठीक है।" वह बोला, "वहाँ तुम मोतीराम को नियुक्त कर दो।"

मुझे क्या आपत्ति हो सकती थी। किसी को तो नियुक्त करना ही था। अब मन्त्री का आदमी नियुक्त करूँगा तो एक तो मन्त्री से सम्पर्क बना रहेगा। मोतीराम मेरे सौ काम मन्त्री से करवा दिया करेगा; और फिर मन्त्री भी मेरा कृतज्ञ होगा कि मैंने उसके आदमी को नौकरी दे दी है।

मोतीराम टाइपिस्ट होकर मेरे कार्यालय में आ गया।

दूसरे दिन काम कुछ पिछड़ा हुआ था। मैंने अनुभाग प्रभारी वर्मा को बुलाकर कारण पूछा तो वह बिलख पड़ा, "मैं क्या करूँ साहब! वह नया टाइपिस्ट कोई काम करता ही नहीं है। कुछ कहो तो कहता है कि मन्त्री से कहकर वह मुझे ही नौकरी से निकलवा देगा।"

मैं चकित भाव से वर्मा का मुँह देखता रह गया।

"और साहब! उसने कैंटीनवाले के पैसे नहीं दिये हैं। साइकिल स्टैंडवाले से मारपीट की है। उसका कहना है कि मन्त्री के आदमी को जो सम्मान दिया जाना चाहिए, वह हम नहीं दे रहे हैं।"

मैंने मोतीराम को बुलाया। वह आया और बड़े अनौपचारिक ढंग से मेरे सामने बैठ गया। मैं समझ गया कि मन्त्री का आदमी एक सरकारी संस्था के प्रमुख को नमस्ते कैसे करेगा।

"मोतीराम!" मैंने कहा, "तुम जहाँ टाइपिस्ट की नौकरी करते हो, मैं उस संस्था का प्रमुख हूँ। क्या तुम्हें भीतर आने के लिए अनुमति नहीं लेनी चाहिए थी? और भीतर आकर नमस्ते नहीं करनी चाहिए थी?"

"ओ बाऊजी! क्या रखा है इन बातों में? आप भी जानते ही हैं कि मैं रामलुभायाजी का आदमी हूँ। मन्त्री का आदमी होकर भी कोई बन्दा टाईपराइटर पर बैठकर दिन-भर टिप-टिप करता है? जिस दिन मूड होगा, उस दिन आपकी दो-चार चिठ्ठियाँ भी टाईप कर दूँगा। पर मुझ से ज्यादा की आशा मत करो।"

मैंने मन ही मन स्वयं को बहुत धिक्कारा। मैं तो रामलुभाया से कुछ पाने के लिए गया था और अब समझ में आ रहा है कि मैं अपना एक टाईपिस्ट खो आया। अब वेतन तो मोतीराम लेगा ओर उसका काम मैं किया करूँगा।

"तुम मन्त्रीजी के आदमी हो, यह तो मैं जानता हूँ। मैंने ही तुम्हें यहाँ नियुक्त किया है।" मैंने कुछ कठोर होने का प्रयत्न किया, "पर यह मत भूलो कि 'मन्त्री का आदमी' कोई पद नहीं है। तुम यहाँ टाईपिस्ट के पद पर नियुक्त हुए हो। तुमको काम तो टाईपिस्ट का ही करना पड़ेगा। तुम्हारे स्थान पर न तो रामलुभाया आकर काम करेगा और न ही उसके नाम से पत्र टाईप हो जाया करेंगे। मन्त्रीजी ने नौकरी दिलवायी है तो अच्छी तरह काम करो, ताकि मन्त्रीजी की बदनामी न हो। तुम जैसे दस-पाँच और लग गये तो मन्त्रीजी को ही अपना पद खोना पड़ेगा।"

मोतीराम तो नहीं सुधरा, मुझे रामलुभाया के कार्यालय से बुलावा आ गया।

मैं उससे मिलने गया तो वह मेरा परिचित और मित्र रामलुभाया नहीं था। वहाँ तो केवल एक मन्त्री बैठा हुआ था, जो मुझसे रुष्ट था।

"क्या मतलब है तुम्हारा कि मोतीराम के स्थान पर मैं काम नहीं करूँगा?" वह डपटकर बोला, "तुम जानते हो कि मैं चाहूँ तो एक दिन में तुम्हें इस नौकरी से निकालकर बाहर कर दूँ।"

"जानता हूँ मन्त्रीजी! किन्तु शायद आप यह नहीं जानते कि आप अस्थायी व्यक्ति हैं और मैं अपने पद पर स्थायी रूप से नियुक्त किया गया हूँ। आप

मुझे निकालेंगे तो आपको भी उसका स्पष्टीकरण देना पड़ेगा। आप अपने पद से हटेंगे तो एक पत्ता तक नहीं डोलेगा।" मैंने कहा, "और समस्या मेरे जैसे लोगों को नौकरी से निकालने की नहीं, मोतीराम जैसे लोगों से काम करवाने की है।"

रामलुभाया ने क्या सोचा, मैं नहीं जानता; किन्तु निकम्मे लोगों को नौकरियाँ देने की कुख्याति के कारण मुख्यमन्त्री ने उसे अपने मन्त्रीमंडल से निकाल दिया। मैं दुखी था कि मेरे एक मित्र से उसका मन्त्री पद छिन गया था। दूसरी ओर मैं प्रसन्न भी था कि अब रामलुभाया द्वारा नियुक्त किये गये सैकड़ों लोग काम करने लगेंगे। जनता का काम रुकेगा नहीं।

मैंने कार्यालय में जाते ही मोतीराम को बुलवाया, "अब रामलुभाया मन्त्री नहीं रहे। उनके स्थान पर भोलाराम आ गये हैं। तुम अब मन्त्री के आदमी नहीं हो। अब तो काम करोगे?"

"अरे मैंने जब अपने मन्त्री के लिए काम नहीं किया तो अब अपने शत्रु के लिए काम क्यों करूँगा?" मोतीराम ने कहा और कार्यालय से चला गया।

मैंने माथा पीट लिया। रामलुभाया मन्त्री रहे न रहे, किन्तु कार्यालय में एक निकम्मा व्यक्ति तीस-बत्तीस वर्ष जमा रहेगा।

ओढ़नी

"तुम लेखक हो तो लिखते भी होगे ही।"

रामलुभाया ने अपनी ओर से जैसे कोई शाश्वत सत्य कह डाला था किन्तु मैं उससे सहमत नहीं हो सका। मैंने उसका विरोध किया, "लेखक हूँ, इसलिए नहीं लिखता हूँ। लिखता हूँ, इसलिए लेखक हूँ।"

"एक ही बात है।" उसने मुझे टालने का प्रयत्न किया।

"एक ही बात कैसे है?" मैंने उसे टोका, "गाँधीजी देश का नेतृत्व कर रहे थे इसलिए नेता थे अथवा वे नेता थे इसलिए वे नेतृत्व कर रहे थे?"

"तुम बात को उलझा रहे हो।" उसने फिर से मुझे टालना चाहा।

मुझे आश्चर्य नहीं हुआ। अपनी तो संस्कृति ही बन गयी है, व्यक्तियों को टालना, सत्य को टालना, न्याय को टालना। आज तक प्रश्नों को टाल-टालकर लोग वर्षों तक देश के प्रधानमन्त्री बने रहे। हमारे विश्वविद्यालय के कुलपति विश्वविद्यालय की समस्याओं को टालने के लिए अपनी पाँच वर्षों की नियुक्ति में चार वर्ष विदेश भ्रमण करते हैं। आज कल कितने ही लोग, देश के राष्ट्रपति बनकर देश की सेवा करने का अधिकार पाने के लिए तड़प रहे हैं। वे सेवा को टालने के लिए पद चाहते हैं। पद के बिना देश की सेवा नहीं कर सकते। सेवक को भी पद चाहिए और वह भी राष्ट्रपति का। उन्हें सेवा से अधिकार पाने का मार्ग ज्ञात ही नहीं है, वे तो अधिकार के राजमार्ग से सेवा की पगडंडी पर उतरना चाहते हैं।

पर मैं उसे क्या समझाता। स्वयं देख रहा हूँ कि जिसने कुछ नहीं लिखा अथवा जो कुछ नहीं लिखता, वह किसी पीठ पर आसीन हो जाये तो देश का सबसे बड़ा साहित्यकार ही नहीं हो जाता, साहित्यकारों का भाग्यविधाता भी बन जाता है और साहित्यकारों को उपदेश देने का अधिकारी भी हो जाता है।

मैंने फिर से एक बार रामलुभाया को समझाने का प्रयत्न किया।

"तुम अध्यापक इसलिए हो क्योंकि बच्चों को पढ़ाते हो अथवा इसलिए हो कि कॉलेज से वेतन पाते हो?"

इस प्रश्न ने उसकी प्रतिभा जगा दी। यदि अब भी नहीं समझता तो

उसका भंडा फूट जाता कि वह बच्चों को पढ़ाने का नहीं, बहकाने का वेतन लेता है।

"कोई डॉक्टर इसलिए होता है कि वह अपने उपचार से रोगियों को रोगमुक्त करता है, अथवा इसलिए होता है कि वह वेतन लेकर अस्पताल से गायब रहता है?"

"रोगियों को रोगमुक्त करनेवाला ही डॉक्टर है भाई।" उसका आदर्शवाद जाग गया था।

"तो फिर देश का पैसा खाकर संसद से गायब रहनेवाला व्यक्ति देश का नेता कैसे हो सकता है?" मैंने पूछा।

"नेता तो वही होता है।" उसने कहा।

"और वे नेता नहीं थे, जो देश की जनता को उनका न्याय और अधिकार दिलाने के लिए फाँसी पर झूल गये?" मैंने पूछा।

"वे शहीद होते हैं, वे नेता नहीं होते।" इस विषय में वह पूर्णतः निश्चित था।

"शहीद किसलिए होते हैं?"

"ताकि वर्ष में दो बार उनकी समाधि पर फूल चढ़ाये जा सकें। विदेशी अतिथियों को उनकी समाधि पर लाया जा सके। मन चाहे तो उनकी समाधि पर अनशन किया जा सके।"

"और नेता किसलिए होते हैं?"

"ताकि पदों पर जमकर बैठ सकें और जनता का पैसा खाने के लिए विभिन्न प्रकार की मौलिक और आयातित विधियों का आविष्कार कर सकें।" उसका सैद्धान्तिक चिन्तन अत्यन्त स्पष्ट था।

"तुम्हें नहीं लगता रामलुभाया कि यह दोमुँहापन है?"

"नहीं! यह अपनी शक्तियों का उचित संयोजन है।" वह बोला, "एक व्यक्ति मन्त्री के पद पर बैठा हो और मन्त्री ही रहे तो उसमें प्रतिभा की कमी है। वह मन्त्री के पद पर बैठकर रिजर्व बैंक में सेंध लगाकर पैसा अपने विदेशी बैंक के खाते में जमा कराता रहे, तो वह अपनी प्रतिभा का उचित प्रयोग कर रहा है। देखो!" उसने मुझे समझाना आरम्भ किया, "तुमने मकान बनाया है न?"

"हाँ!" मैंने कहा।

"तुमने पहले ईंटों की दीवार बनायी। उसे ढँकने के लिए पलस्तर किया। पलस्तर को ढँकने के लिए सफेदी करायी। सफेदी को सुन्दर बनाने के लिए प्लास्टिक पेंट कराया। कोई ईंटों को ईंटें ही रहने देता है क्या?" उसने समझाया, "भगवान ने हमारी हड्डियाँ, अन्तड़ियाँ और नसें बनायीं। उनको ढाँपने के

लिए मांस बनाया। उसे ढँकने के लिए त्वचा बनायी। तुम उससे भी सन्तुष्ट नहीं हुए और तुमने पहले भीतरी कपड़े पहने। और सुन्दर बनने के लिए तुमने ऊपरी कपड़े पहने। पहने न?"

"हाँ!" मैंने कहा।

"अब यदि एक व्यक्ति हत्यारा है तो वह उसे ढाँकने के लिए किसी धन्धे की ओढ़नी ओढ़ लेता है तो क्या बुरा करता है। वह शराब बेचकर लोगों को यमलोक का वीजा दिलवाता है और उसे ढाँपने के लिए एक राजनीतिक दल का सदस्य बन जाता है, तो क्या कुछ अनुचित करता है? एक व्यक्ति डाकू है। हत्या और डकैती उसका धन्धा है। वह यदि उस पर मन्त्री पद की चादर ओढ़ लेता है तो क्या अपराध करता है? इसमें अनुचित क्या है?" रामलुभाया ने मुझे देखा।

उसके इस ओढ़नी दर्शन का मेरे पास एक ही उत्तर था कि उसकी ओढ़नी को उसकी गर्दन में लपेटकर उसको इतना खींचता कि उसका दम निकल जाता। तभी वह चुप हो सकता था। पर मैं ऐसा कर नहीं सकता था। ऐसा करता तो कानून की दृष्टि में मैं हत्यारा कहलाता, जबकि मैं अच्छी तरह जानता हूँ कि हत्यारा कौन है।

वह कहाँ है?

1

बुश ने अपनी जेब में से निकालकर, मुशर्रफ की फैली हुई हथेली पर डॉलरों का ढेर लगा दिया।

"बताओ! ओसामा कहाँ है? मेरा तात्पर्य है ओसामा बिन लादेन, जो अलकायदा संगठन का मुखिया है?"

"शायद वह अफगानिस्तान में ही कहीं छिप गया है।"

"इतना तो मैं भी जानता हूँ।" बुश रुष्ट हुआ, "तुमको इस सूचना के लिए इतने डॉलर नहीं दिये हैं।"

"बता रहा हूँ।" मुशर्रफ तनिक भी नहीं डरा, "तुम पूरी बात तो सुनते नहीं हो, बस बीच में ही बरस पड़ते हो।"

"बताओ।" बुश कुछ शान्त होकर बोला।

"वह कन्धार के पास होगा। कन्धार में तालिबान का गढ़ है। वहाँ वह स्वयं को सुरक्षित समझता है। गढ़ समझते हो न?"

"गढ़ पहले किले को कहते थे।" बुश ने कहा, "अब तो जमावड़े को कहते हैं। और किला हो भी तो क्या, हमें कौन दरवाज़े में से होकर जाना है। ऊपर से बम ही तो बरसाने हैं।"

"ठीक समझे। कन्धार में इस समय सबसे अधिक संख्या में तालिबान सैनिक हैं।"

"तो कन्धार पर बमबारी करूँ?" बुश ने पूछा, "वह मिल जायेगा।"

"बमबारी से कभी कोई मिला है। उससे तो लोग मर जाते हैं, पर अभी रुक जाओ।"

'क्यों?"

"रमज़ान का महीना है। मुसलमानों के लिए यह बहुत पवित्र महीना है। इसमें अफगानिस्तान पर बम मारोगे तो सारे संसार के मुसलमान तुम्हारे विरुद्ध हो जायेंगे।" मुशर्रफ ने कहा, "और मुसलमान जिसके विरुद्ध हो जाते हैं, अल्लाह भी उसके विरुद्ध हो जाता है।"

"देखो!" बुश ने अपनी तर्जनी से उसे धमकाया, "तुम उतनी ही चालाकी किया करो, जितनी मुझे बुरी न लगे। जहाँ दो शत्रु लड़ रहे होते हैं, वहाँ यह नहीं देखा जाता कि कब किसका पर्व है, कौन-सा दिन पवित्र है, कौन कब आराम कर रहा है, कौन कब खाना खा रहा है, और कौन कब टॉयलेट में बैठा है।"

"अरे भाई! तुम मुसलमानों के विरोध से नहीं डरते? तुम क्या मुसलमानों के विरुद्ध लड़ रहे हो?"

"नहीं! हम आतंकवाद के विरुद्ध लड़ रहे हैं। अब तो मैं उनकी इफ्तार पार्टी में भी हो आया हूँ।"

"तो फिर मुसलमानों को रुष्ट मत करो, नहीं तो कयामत आ जायेगी।"

"रमज़ान के दिनों में जब मुसलमान भगवान् को याद करने के स्थान पर आपस में लड़ते रहते हैं तब? अफगानिस्तान में भी तालिबान ने जितना हिन्दुओं को सताया और मारा है, उससे अधिक संख्या में तो उन्होंने मुसलमानों को ही सताया और मारा है।"

"असल में रमज़ान में जो मुसलमान मरता है, उसे शहीद माना जाता है। वह सीधा जन्नत में जाता है।" मुशर्रफ बोला।

"इस तर्क से तो तुम सारे मुसलमानों को रमज़ान में मार डालोगे। मैं यह नहीं होने दूँगा।" बुश ने कहा, "जो मुसलमान रमज़ान के महीने में मरता है, वह कब्र में नहीं जाता, जन्नत में जाता है?"

"हाँ! काफिरों के हाथ से मरे तो कब्र में जाता है, मोमिनों के हाथों मारा जाये तो जन्नत में जाता है।"

"उल्टी बात कर रहे हो।" बुश ने उसे डाँटा, "स्वर्ग में तुम्हारा राज्य नहीं है जनरल! कि जिसे चाहो उसे फ्री पास दे दो। आसमान पर ईसा मसीह की बादशाहत है। तुम्हारा शासन कब्रों तक ही है। अब तुम तालिबान के लिए कब्रें खोदो, जो अपने लिए ही खोदते रहे हो।"

"तुम समझते क्यों नहीं?" मुशर्रफ बोला, "तालिबान को अपनी तैयारी करने का कुछ समय दोगे या नहीं। इतना समय तो दो कि मैं उन्हें कुछ हथियार पहुँचा सकूँ। उनकी सहायता के लिए पाकिस्तानी जनरल भेज सकूँ। मुल्ला उमर को छिपा सकूँ। बाकी मुल्ला अपनी सुरक्षा के लिए, अपने परिवारों की सुरक्षा के लिए कुछ प्रबन्ध कर सकें। रमज़ान के महीने में भूखे रहकर वे कैसे लड़ेंगे। कब्रें खोदने के लिए भी कुछ खाया-पिया होना चाहिए।"

"हम मुल्ला उमर को भी ढूँढ़ रहे हैं। वह कहाँ है?" बुश ने जैसे मुशर्रफ की बात सुनी ही नहीं थी।

"वह भी कन्धार में ही छुपा होगा"

"झूठ बोल रहे हो तुम।"

"मैंने कब कहा कि मैं सच बोल रहा हूँ।" मुशर्रफ हँसा, "हमारी-तुम्हारी मित्रता का समान आधार ही यही है कि हम दोनों सच नहीं बोलते, हमारा कोई सिद्धान्त नहीं है; और हम दोनों ही अव्वल दर्जे के स्वार्थी हैं।"

"मैं कब झूठ बोला?" बुश तड़पकर बोला, "अमरीकी झूठ नहीं बोलते।"

"कुन्दूजु में जब तालिबान घिर गये थे, मैंने तुमसे कहा था न कि मुझे वहाँ से अपने सैनिक निकाल लेने दो। तुम्हारी अनुमति और सहमति से ही तो मैंने रात को विमान भेजकर वहाँ से अपने सिपाही और अफसर निकाले थे।" मुशर्रफ ने कहा, "तब संसार-भर ने तुमसे कहा था कि पाकिस्तान अपने सैनिक निकाल रहा है। तुम सफेद झूठ बोले थे कि तुम्हें ऐसी कोई खबर नहीं है। जब ऐसा समय आता है तो कैसे बेखबर हो जाते हो तुम।"

"कहा होगा। तुम्हारे ही भले के लिए कहा था। मित्र के हित में झूठ बोलना अनुचित नहीं माना जाता।" बुश लापरवाही से बोला, "हम पाकिस्तानी सेना को कमजोर नहीं करना चाहते। हम तो ओसामा को खोज रहे हैं। हमें सूचना मिली है कि ओसामा और उमर दोनों कराची में छिपे हैं।"

"किसने सूचना दी है। उसका नाम बताओ। अभी टाँगता हूँ उसे सूली पर।"

"तुम क्या सूली पर टाँगोगे। तुम तत्काल कह दोगे कि उस नाम का कोई आदमी पाकिस्तान में है ही नहीं। चलो छोड़ो उसे।" बुश ने कहा, "हमें सूचना मिली है कि कराची के बाजार में एक बुर्केवाली को दूसरी बुर्केवाली ने कहा, 'ओसामा सुन।' पहली बुर्केवाली ने तड़पकर कहा, 'तूने मुझे कैसे पहचान लिया बदजात!' दूसरी बुर्केवाली ने कहा, 'घबरा मत। मैं मुल्ला उमर हूँ।'"

"यह सूचना नहीं चुटकुला है।" मुशर्रफ चिढ़कर बोला," ये भारतीय लोग हमारा कुछ बिगाड़ नहीं सकते तो हमारे विरुद्ध ऐसे चुटकुले बनाने लगते हैं। इसे शत्रु की ओर से उड़ाई हुई अफवाह माना जाना चाहिए।"

"हमने तो कुन्दूजू से पाकिस्तानी सिपाहियों को सुरक्षित निकालने की सूचना को भी अफवाह ही माना था। इसे भी मान लेंगे। पर पहले बताओ कि ओसामा और उमर कहाँ हैं।"

"हम तुम्हारे मित्र हैं। ओसामा के नहीं। हम कैसे जान सकते हैं कि वे कहाँ हैं। तुम्हें सूचना थी तो तुमने कराची में दोनों बुर्केवालियों को पकड़ क्यों नहीं लिया?"

"अरे जब तक हम सावधान होते, वे दोनों बुर्केवालियाँ और सैकड़ों बुर्केवालियों में मिल गयीं, जैसे हिन्दी फिल्मों में अपना बचाव करने के लिए नायक-नायिका नाचते-गाते बरातियों में मिल जाते हैं। बताओ वह कहाँ है?"

"नहीं जानता। पूछो कि बुश कहाँ है तो अभी बता दूँ।"

"बुश कहाँ है, मैं भी जानता हूँ। उसकी मुझे खोज भी नहीं है।" बुश ने कहा, "तुमको हमने मित्र ही इसीलिए बनाया है, क्योंकि तुम जानते हो कि ओसामा और उमर कहाँ हैं।" बुश ने कहा, "जल्दी बताओ।"

"पहले वादा करो कि रमज़ान के महीने में बमबारी बन्द रहेगी।"

"नहीं! यह नहीं हो सकता।" बुश ने कहा, "इससे तो मेरी सेनाएँ मुझे ही खा जायेंगी। चलो बमबारी कहीं ऐसे स्थान पर करेंगे, जहाँ कोई न रहता हो।"

"नहीं! ओसामा पहले ही कह रहा था कि तुम सैनिकों को कम मारते हो, निहत्थे नागरिकों को अधिक मारते हो।"

"तो ओसामा ने हमारे ट्रेड सेंटर में जिन हजारों लोगों को मारा, वे फौजी वर्दी पहने लाम पर जा रहे थे क्या? उसने उन निहत्थे असैनिक नागरिकों को नहीं मारा?"

"वह कहता है कि वे निहत्थे चाहे रहे हों किन्तु वे अमरीकी सिस्टम का अंग थे। अमरीकी फौजी मशीन के ही पुर्जे थे। उन्हें मरना ही था। उन्हें मारा ही जाना था। यह सवाब का काम है। वह जेहाद कर रहा है न।"

"उसका क्या है," बुश ने नाराज होकर कहा, "स्वयं तो गुफाओं में सुरक्षित छुपा बैठा रहता है और जीवन की उमंगों और ऊर्जा से भरे पूरे नवयुवकों को पट्टी पढ़ाकर आत्मघाती हमलों में मरने के लिए भेजता है। किसे मरना है, और किसे नहीं मरना है, इसका निर्णय करनेवाला वह कौन होता है। वह भगवान् है क्या? सवाब और जेहाद—शब्दों के खेल से वह संसार-भर को मूर्ख बना रहा है। अमरीका उसकी बातों में नहीं आ सकता।"

"हमारे लिए तो वह भगवान् ही है, उसने हमें अफगानिस्तान की सल्तनत बख्शी है। तुम हमें भारत दे दो, हम तुम्हें अफगानिस्तान दे देंगे। वह दाता है। करोड़ों डॉलर लुटाता रहता है।"

"और हम क्या हैं?" बुश का चेहरा क्रोध से तमतमा आया, "हमने रूस के विरोध के नाम पर वे सारे हथियार न दिये होते तो ओसामा तुम्हें क्या दे देता। खाते हमारा हो और गुणगान उसका करते हो। तुम्हारे जैसा कृतघ्न मैंने दूसरा नहीं देखा।"

"देखो! हम मित्र हैं और मित्रता में इस प्रकार नाराज नहीं होते। मित्रता में

कुछ त्याग करना पड़ता है। वचन दो कि तुम रमज़ान के महीने में अफगानिस्तान पर बमबारी नहीं करोगे। मैंने उमर को वचन दिया था कि रमज़ान के महीने तक मैं अमरीका को रोके रखूँगा।"

"बमबारी तो नहीं रुक सकती।" बुश बोला, "अफगानिस्तान पर नहीं करेंगे तो पाकिस्तान पर करेंगे। बोलो क्या कहते हो।"

"क्यों?"

"अरे यह कहकर कि ओसामा वहाँ छिपा हो सकता है, हम कहीं भी बमबारी कर सकते हैं।"

"तो भारत पर बम बरसाओ।" मुशर्रफ ने कहा, "कहो कि ओसामा वहाँ छिपा हुआ है।"

"वह भी हो सकता है।" बुश ने मन-ही-मन कोई योजना बनाते हुए कहा, "तुम ओसामा को भारत में धकेल दो। उसे कहो कि वह अजमेर शरीफ की यात्रा पर चला जाये। हम सारा भारत तहस-नहस कर डालेंगे।"

"हो तो सकता है।" मुशर्रफ भी गम्भीर हो गया, "पर भारत ओसामा को पकड़कर किसी के हाथ भी ढाई करोड़ डॉलरों में बेच देगा। वह दोस्तम के हाथ लग गया तो दोस्तम उसे बीचोंबीच से चीरकर पेड़ पर लटका देगा।"

"रमज़ान के महीने में एक मुसलमान दूसरे मुसलमान को मार देगा?"

"इन अफगानों का कोई भरोसा नहीं है।"

"भरोसा तो तुम्हारा भी कोई नहीं है।" बुश के होंठ वक्र हो उठे।

"छोड़ो न यार। तुम तो हर बात को हमारी ही ओर मोड़ देते हो।" मुशर्रफ ने कहा, "अच्छा! रमज़ान में बमबारी बन्द करो, हम मुल्ला जुईफ को बाँधकर तुम्हारे हवाले कर देते हैं।"

"वह कौन है?"

"पाकिस्तान में तालिबानों का राजदूत।"

"जिनका राज्य ही नहीं है, उनका राजदूत।" बुश बोला, "उसे तुमने बचा रखा है और वह प्रेस कान्फ्रेंस करता रहता है। उसके लिए वह तो पिटेगा ही, तुम भी दंड पाओगे। उसे जेल में डालो और बताओ कहाँ है ओसामा और कहाँ है मुल्ला उमर?"

"वहीं कहीं अफगानिस्तान में छिपे हैं। हमारा एक पत्रकार ओसामा से मिलकर आया है।"

"बताओ! कहाँ है? नहीं तो रमज़ान में बम बरसते रहेंगे।"

"बरसते रहें। तुम्हें अपने बम बरबाद करने का शौक है तो बरसाते रहो।

आदमी तो एक नहीं मरनेवाला। अपने बमों से रेत उछालते रहो और रेगिस्तान में गढ़े बनाते रहो।"

"हम बमबारी बन्द कैसे कर सकते हैं। हमें भी तो दुनिया को मुँह दिखाना है।"

2

"तुम कैसे मुसलमान हो, उन अमरीकियों के मित्र बनकर हमें मरवा रहे हो?" ओसामा ने मुशर्रफ को डाँटा।

गुफाओं में छिपे ओसामा को मुशर्रफ सूचना देने आया था कि अमरीका रमज़ान में बमबारी नहीं रोकेगा, इसलिए रमज़ान की प्रतीक्षा बेकार है, वह अभी ही कहीं और के लिए निकल ले। पर ओसामा ने उसे डाँट दिया था।

"देखो!" मुशर्रफ कुछ रुष्ट होकर बोला, "एक बार इशारा कर दूँ कि तुम कहीं हो तो ढाई करोड़ डॉलर मेरी जेब में और अरबों डॉलरों के हथियार पाकिस्तान की सेना को मिल जायेंगे। मैं उनका लालच नहीं कर रहा। तुम्हारी मित्रता निभा रहा हूँ और तुम भी मुझे ही सुना रहे हो।"

ओसामा ने अपने साथी को संकेत किया। उसने सन्दूक खोलकर ढाई करोड़ डॉलर गिन दिये।

"यह लो, जो तुम्हें अमरीकी काफिरों से मिलना है, वह मैं ही दिये देता हूँ।" ओसामा ने कहा, "अब बताओ, क्या करना है।"

"तुम अपने साथियों समेत निकल लो।"

"पर जाऊँ कहाँ? सारे रास्ते तो बन्द हैं।"

"कबाइली इलाके में से होकर पाकिस्तान निकल जाओ। वहाँ से पाकिस्तानी फौज की गाड़ियों और जहाजों में बैठकर दुनिया में जहाँ जाना चाहो, चले जाओ। कहो तो तुम्हें अमरीका या कनाडा ही भिजवा दूँ। वहाँ ठाठ से बैठे रहना। दाढ़ी मुड़ा देना और नाम बदल लेना। मैं बुश को तुम्हारे होने का ऐसे-ऐसे स्थानों का पता दूँगा कि दुनिया के सारे बम समाप्त हो जायेंगे और तुम्हारा बाल भी बाँका नहीं होगा।"

ओसामा ने उसे सन्देह की दृष्टि से देखा : यह उसे मूर्ख तो नहीं बना रहा। कहीं उसे अपने जहाज में बैठाकर सीधा अमरीकी जेल में ही न उतार दे।

"पर पाकिस्तान से कहाँ जाऊँगा?"

"सऊदी अरब चले जाना। सोमालिया चले जाना। कहीं न जा सको तो वापस अफगानिस्तान आ जाना।" मुशर्रफ ने कहा, "पर इस वक्त यह गुफा

खाली कर दो।"

"यह तुम्हारा सरकारी बँगला है कि हुक्म दे रहे हो कि इसे खाली कर दूँ।" ओसामा ने कहा, "तुम बमबारी रुकवाओ और उनसे कहो कि हमसे जमीनी लड़ायी लड़ लें। अल्लाह की कसम सारी अमरीकी फौज को तबाह कर दूँगा, जैसे रूसी फौज को खदेड़ बाहर किया था।"

"अब कहोगे कि मैं अमरीकियों से कहूँ कि वे तुमसे बन्दूकों से नहीं, तलवारों से लड़े।" मुशर्रफ बोला, "और ज्यादा ऐंठो मत। रूसियों से हमारे सिपाही और अमरीकी हथियार लड़े थे। हमारे सिपाही और अमरीकी साजोसामान न होता तो तुम क्या कर लेते।"

"पर तुम हमें इन गुफाओं से क्यों निकालना चाहते हो? यहाँ हमें कोई तकलीफ नहीं है।" ओसामा ने दीन होकर कहा।

"मेरे मन में एक योजना है। तुम अफगानिस्तान के बाहर कहीं भी एक मदरसा खोलकर बैठ जाओ। मैं अमरीकियों को तोड़-फोड़ में लगाये रखूँगा। उन्हें तुम्हारी हवा तक नहीं मिलेगी।"

"तुम्हारी दोस्ती मेरी समझ में नहीं आती। जहाँ अमरीकी बम पड़ते हैं, वहीं पाकिस्तानी सिपाही होते ही नहीं और तालिबान भाग जाते हैं। बेचारे अरब ही मारे जाते हैं।"

"देखो पाकिस्तानी अपनी नौकरी कर रहे हैं। तालिबान सिर्फ निहत्थे स्त्री-पुरुषों पर अत्याचार कर रहे हैं। वैसे वे अपने देश में बैठे हैं। शहीद होने का शौक तो तुम अरबों को ही चर्राया था। कायदा छोड़कर अलकायदा हो गये, इसीलिए अरब शहीद हो रहे हैं। अब तुम यहाँ से खिसक लो। ऐसा न हो कि हमें यहीं तुम्हारा फातिहा पढ़ना पड़े।"

3

बुश ने मुशर्रफ से पूछा, "कुछ पता लगाया—कहाँ है ओसामा?"

"हाँ! कुछ खबर तो लगी है कि वह तोड़ा-फोड़ा की पहाड़ी गुफाओं में छिपा बैठा है।"

"यह तोड़ा-फोड़ा कहाँ है?"

"अरे तुम तोरा-बोरा की पहाड़ियों नहीं जानते। हमारे पाकिस्तान की सीमा से ही तो लगती हैं।"

"ओह!" बुश ने कहा, "वे गुफाएँ संख्या में बहुत हैं। बहुत लम्बी हैं। पहाड़ी पत्थरों के नीचे हैं। वहाँ ओसामा को खोजना बहुत मुश्किल है।"

"तो क्या हो गया?" मुशर्रफ ने कहा, "तुम्हारे इतने भारी-भारी बम किस दिन काम आयेंगे। उनको छाती पर रखकर साथ ले जाओगे? जमकर बरसाओ। इतनी बमबारी करो कि तोरा-बोरा का नाम तोड़ा-फोड़ा हो जाये।"

"पक्का है न! कि वह वहीं है?"

"हमारी सूचनाओं के अनुसार दोनों वहीं हैं—ओसामा भी और मुल्ला उमर भी।"

"ठीक है।"

अमरीका ने अपने साथियों के साथ मिलकर तोरा-बोरा की पहाड़ियों को घेर लिया। दिन-रात बम बरसाये और जमीन पर उत्तरी गठबन्धन के सैनिक लड़ते रहे। पर ओसामा नहीं मिला।

"कहाँ गया?" बुश ने पूछा।

"यहाँ नहीं है।" उत्तरी गठबन्धन ने कहा, "हो सकता है पाकिस्तान में हो या कबाइली क्षेत्र में छुपा हो, पर यहाँ नहीं है।"

अमरीका को सन्तोष नहीं हुआ तो बुश ने अपने सैनिक वहाँ लगा दिये, "एक-एक पत्थर उठाकर देखो और एक-एक गुफा में झाँककर नहीं, घुसकर देखो।"

बुश ने मुशर्रफ से पूछा, "ओसामा कहाँ है?"

"मेरा विचार है कि तुम्हारी बमबारी के कारण वह वहीं कहीं दबकर मर गया है।"

"इसका प्रमाण कहाँ है? उसका शव मिल गया क्या?"

"मैंने तो अपना अनुमान बताया है।" मुशर्रफ ने कहा।

"मैं प्रमाण माँग रहा हूँ। तुम्हारा अनुमान नहीं।" बुश नाराज हो गया, "तुम्हारे कहने पर मैंने अपना इतना सामान वहाँ बरबाद किया है।"

"अच्छा! मैं प्रमाण भी लाकर दूँगा।"

4

अगले दिन मुशर्रफ एक अरब के हाथ-पैर बाँधकर ले आया।

"यह कौन है?" बुश ने पूछा।

"यह अलकायदा का सैनिक है। हमने इसे भागते हुए गिरफ्तार किया है।"

"तो इसे मेरे पास क्यों लाये हो। डाल दो किसी कुएँ-खाई में।"

"यह साधारण आदमी नहीं है।" मुशर्रफ ने उसकी उपाधियाँ गिनायीं,

"यह ओसामा के अंगरक्षकों में से एक है। यह उस समय भी ओसामा के साथ था, जब उसकी मौत हुई।"

"झूठ बोल रहे हो तुम।" बुश का मुँह क्रोध से लाल हो गया, "अगर बमबारी में ओसामा दबकर मर गया तो यह यहाँ कैसे खड़ा है। इसे भी वहीं दफन हो जाना चाहिए था।"

अरब ने मुशर्रफ की ओर देखा।

"बात यह है कि ओसामा बमबारी में नहीं मरा है।" मुशर्रफ ने कहा, "वह अपने फेफड़ों के रोग से मरा है। बाहर इतनी बमबारी हो रही थी कि भारत से दवाएँ आ नहीं सकीं। न ओसामा को डॉक्टर के पास ले जाया जा सका, न डॉक्टर को भीतर लाया जा सका। वह दवा के न मिलने से अपने रोग से ही मर गया। तुम उसके कत्ल के गुनहगार नहीं हो, तुम्हें अल्लाह को कोई जवाब नहीं देना पड़ेगा पर अगर तुम यह बमबारी न करते तो हम उसे पकड़ सकते थे और तुमसे ढाई करोड़ डॉलर ले सकते थे। हाय रे ढाई करोड़...।"

बुश ने अरब की ओर देखा।

"हाँ हुजूर! जनरल साहब ठीक कह रहे हैं।" वह बोला, "शेख ओसामा बिन लादेन अपनी बीमारी से मर गये। मैं वहीं था। उन्हें चुपचाप वहीं दफना दिया गया। मैं तो उनकी नमाजे जनाजा में भी शरीक हुआ था। क्या करते, किसी को खबर कर नहीं सकते थे। बाहर बम बरस रहे थे।"

"अरे जब वह मर ही गया था तो उसे हमें सौंपकर ढाई करोड़ तो ले लेते।" बुश बोला, "एनीवे, तुम मुझे वह जगह दिखा सकते हो, जहाँ वह दफनाया गया है। मैं वहाँ खुदाई करवाकर उसकी लाश निकालकर अपनी तसल्ली करना चाहता हूँ।"

"आपको मेरे चेहरे की मुर्दनी से विश्वास नहीं होता? कोई भी समझ सकता है कि मैं गमी में हूँ।"

"नहीं मुझे विश्वास नहीं होता। मैं किसी अरब का विश्वास नहीं करता। विश्वास तो मैं पाकिस्तान का भी नहीं करता, पर काम तो चलाना है न।"

अरब ने फिर मुशर्रफ की ओर देखा।

"बात यह है प्रेसिडेंट साहब!" मुशर्रफ ने कहा, "कि आपने बमबारी करके उन सारी गुफाओं को इस प्रकार तहस-नहस कर दिया है कि अब इसके लिए तो क्या मेरे लिए भी उन गुफाओं को पहचानना मुश्किल है। और ओसामा खुद कब्र से उठकर आयेगा नहीं।"

"भागो यहाँ से।" बुश ने अरब को घूँसा दिखाया, "तुम भी झूठे हो। यह तो है ही।"

अरब भाग गया। बुश ने मुशर्रफ की ओर देखा, "ओसामा कहाँ है?"

"देखो! तुमने तोरा-बोरा की पहाड़ियों को चकनाचूर कर दिया है। उसकी एक-एक गुफा को छान मारा है। वह अब भी तुमको नहीं मिला है। अब भी तुम मुझसे पूछोगे तो मैं तुम्हें कोई-न-कोई जगह तो बताता ही रहूँगा। कह दूँ कि वह चेचन्या में है, तो चलेगा?"

"तो मैं क्या करूँ?"

"अच्छा है कि उसे भूल जाओ। लोगों को अफगानिस्तान के निर्माण में उलझाओ, और इस बहाने वहाँ राज करो। अरे ऐश करो और खुश रहो।" मुशर्रफ ने कहा, "क्या रखा है उन दो मुल्लाओं के चेहरों में कि उन्हें देखे बिना तुम्हारा जीना हराम है। देखना ही है तो कोई हसीन चेहरा देखो।"

"मुझे बिलवाले शौक नहीं हैं।" बुश ने अपना सिर झुका लिया।

5

"यह तुमने क्या किया?" ओसामा ने पूछा, "तोरा-बोरा की सारी पहाड़ियों को तोड़ा-फोड़ा कर दिया?"

"हाँ! अमरीकियों को कुछ काम तो देना था।"

"क्या मतलब?"

"तुमने सुना होगा कि एक आदमी ने एक जिन को अपने कब्जे में कर लिया। जिन ने कहा कि वैसे तो वह अपने आका का हर हुक्म बजा लायेगा, पर जैसे ही वह खाली होगा, वह अपने आका को खा जायेगा। इसलिए उसका आका उसे लगातार कोई-न-कोई काम बताता रहे, ताकि जिन को फुर्सत न मिले।"

"मुझे जिन-भूतों की कहानियाँ क्यों सुना रहे हो?"

"अरे यह बुश भी वैसा ही जिन है। हर समय तुम्हें खोजने के लिए जगह पूछता रहता है। उस जिन के आका ने एक तरकीब सोची। उसने जमीन में एक खम्भा गाड़ दिया और कहा कि जिन को जब कोई काम न हो, तब वह उस खम्भे पर चढ़ता और उतरता रहे। मैंने बुश को तोरा-बोरा की पहाड़ियों के रूप में एक खम्भा दे दिया है।"

"पर उससे तो हमारी सारी गुफाएँ बर्बाद हो गयीं।" ओसामा ने सिर पकड़ लिया।

"जब ईंटों-पत्थरों की रोड़ी बनानी होती है तो मजदूर लगाने पड़ते हैं, जो दिन-भर बैठकर उसे तोड़ते हैं।" मुशर्रफ ने कहा, "मैंने वही काम अमरीकियों

से करवाया है। मकान बनाने के लिए अब वहाँ काफी पत्थर हैं। उन्होंने सारे अफगानिस्तान में मकान बनाने के लिए हमारे लिए पत्थर तोड़ दिये हैं। और...।"

"और क्या?"

"हम जब भी अफगानिस्तान पर कब्जा करने की कोशिश करते थे, ये पठान उन गारों में छिपकर हमारी नाक में दम कर देते थे। अब न वे पहाड़ हैं, न वे गुफाएँ।" मुशर्रफ मुस्कराया, "अमरीका कब तक उनकी रखवाली करेगा। कभी तो अपने देश लौटेगा। तब फिर हम होंगे और पश्तून। अब पश्तून किन गुफाओं में छिपकर हमारे सिपाहियों से बचेंगे?"

मुशर्रफ बहुत प्रसन्न था और ओसामा के चेहरे पर मुर्दनी छायी हुई थी।

अत्याचार

आज फिर रामलुभाया बहुत रोष में दिखायी पड़ रहा था।

"क्या हो गया रामलुभाया?" मैंने जैसे भिड़ के छत्ते में हाथ डाल दिया।

"यह धर्मनिरपेक्ष देश है; और फिर भी इस देश में किसी को धार्मिक स्वतन्त्रता नहीं है।" वह बोला, "ईसाइयों को तुम सता रहे हो, उतना तो मध्ययुग में उनके अपने पादरियों ने भी उन्हें नहीं सताया था। पादरियों ने तो उनके शरीर जलाये थे, तुम उनका दिल जला रहे हो।"

पहले तो वह अच्छा भला ही था। इधर, जब से वह अंग्रेजी समाचारपत्र पढ़ने लगा था, तब से ऐसी ही बहकी-बहकी बातें बड़े गर्व से करने लगा था। इच्छा हुई कि उसके सिर पर थोड़ा गंगाजल डालकर पापं शान्तम् का जाप करूँ। शायद उससे उसका मस्तक कुछ ठंडा हो। उसकी सद्बुद्धि जागे।...किन्तु सारी इच्छाएँ तो किसी की भी पूरी नहीं होतीं, मेरी ही कैसे हो जातीं। मैं डर गया, कहीं वह गंगाजल को ही साम्प्रदायिक न कह बैठे।

"क्या बात हो गयी?" मैंने उसके क्रोध के विरेचन का प्रयत्न किया। वह उन लोगों में से था, जो चर्च की ओर जानेवाली सड़क पर यदि किसी गाय को खड़ी भी देख लेता तो उसे विश्व हिन्दू परिषद् का षड्यन्त्र मानता और प्रचार करता फिरता कि हिन्दुओं ने ईसाइयों की सम्पत्ति पर अधिकार कर लिया है। ऐसे में उसका गला किसी सद्यः विधवा के कंठ के समान खुलकर चीत्कार कर उठता था।

"धार्मिक अधिकारों पर कुठाराघात हुआ है।" वह बोला, "विशेषकर अल्पसंख्यकों के धार्मिक अधिकारों पर।"

"पर हुआ क्या?" मैंने उसके प्रलाप पर ध्यान नहीं दिया।

"तमिलनाडु में जयललिता क्या अध्यादेश ले आयी है।" वह बोला, "कि धर्मान्तरण कानूनी अपराध है। क्या अधिकार है उसको धर्मान्तरण रोकने का?"

"ओह! तो यह बात है। क्या तुम ईसाई या मुसलमान होना चाहते हो? या फिर यहूदी या पारसी बनना चाहते हो।" मैंने कहा, "पर यहूदी और पारसी

किसी अन्य को यहूदी और पारसी बनाते नहीं हैं।"

"मुझे कुछ नहीं होना है।" वह बोला, "में जो कुछ हूँ ठीक हूँ।"

"पर तुम हो क्या?"

"मैं विस्फोटक हूँ। स्वद्रोही। आत्मनाशक हूँ। मैं सेकुरलर हूँ। वही रहना चाहता हूँ।"

"जब तुम्हें अपना धर्म परिवर्तित नहीं करना है, तो फिर इतने परेशान क्यों हो, जैसे किसी ने तुम्हारी पत्नी का अपहरण कर लिया हो?" मैंने पूछा।

"ईसाइयों की धार्मिक स्वतन्त्रता पर प्रहार हुआ है। मुसलमानों की धार्मिक स्वतन्त्रता पर प्रहार हुआ है। इसे सेकुलर शक्तियाँ, सेकुलर संसार और इस देश की सेकुलर पार्टियाँ कभी स्वीकार नहीं करेंगी।" वह बोला, "किसी भी व्यक्ति को धर्म-परिवर्तन करने का अधिकार होना चाहिए।"

"वह अधिकार तो उस अध्यादेश के बावजूद भी है। ईसाइयों और मुसलमानों की धार्मिक स्वतन्त्रता पर कोई प्रहार नहीं हुआ है।" मैंने कहा, "वे जब चाहें, हिन्दू बन सकते हैं।"

"मैं ईसाइयों और मुसलमानों के हिन्दू बनने की बात नहीं कर रहा हूँ।" वह चिल्लाया, "ऐसा कुछ करोगे, तो हम इस देश का सत्यानाश कर देंगे।"

"वह तो तुम उस दिन से कर रहे हो, जिस दिन से तुमने इस धरती पर पग रखा है।" मैं बोला, "मुझे बताओ कि ईसाइयों और मुसलमानों के किस अधिकार का हनन हुआ है?"

"वे हिन्दुओं का धर्मान्तरण नहीं करवा सकते।"

"भले आदमी।" मैंने कहा, "धर्मान्तरण व्यक्ति का निजी मामला है। व्यक्ति अपनी इच्छा से सोच-समझकर अपने होशोहवास में अपना धर्म बदलता है। वह पान खाकर थूकने का मामला नहीं है। हमारा धर्म हमारी सहस्त्रों पीढ़ियों के पूर्वजों का दिया हुआ है, उसे हम ऐसे तो नहीं बदल सकते, जैसे हमारे सत्ताकर्मी अपना राजनीतिक दल बदलते हैं।"

"ठीक है वह सब।" वह बोला, "पर मुसलमानों और ईसाइयों का मार्ग तो बन्द हो गया। वे किसी हिन्दू का धर्म-परिवर्तन नहीं करवा सकते।"

"पर यह उनका दायित्व ही क्यों है?" मैं भी कुछ बिगड़कर बोला, "वे अपना धर्म सँभालें और हिन्दुओं को अपनी राह चलने दें।"

"ऐसा करेंगे तो उनके धर्म का विकास कैसे होगा?"

"वे अपने विकास की बात क्यों नहीं सोचते? धर्म का प्रसार ही उनका एकमात्र लक्ष्य क्यों है? संसार में उनकी जनसंख्या अब थोड़ी तो नहीं है।"

"जब तक वे सारे संसार को अपने धर्म के परचम के नीचे नहीं ले आयेंगे,

तब तक उनका जन्म सार्थक नहीं होगा।"

मेरा ध्यान उसके शब्द परचम पर अटक गया। कल तक तो वह झंडा भी नहीं, ध्वज कहता था। आज परचम कह रहा है। कुछ अधिक प्रगतिशील हो गया है। तभी हिन्दू होते हुए भी मुसलमानो और ईसाइयों का पक्ष लेकर कुतर्क कर रहा?

"तो वे उन हिन्दुओं को अपने धर्म में दीक्षित कर लें, जो स्वेच्छा से उनका धर्म अंगीकार करना चाहते हैं और उन मुसलमान और ईसाइयों को हिन्दू बनने की सुविधा प्रदान करें, जो अपनी इच्छा से हिन्दू बनना चाहते हैं।"

उसका चेहरा तमतमा उठा, "सावधान आज कहा सो कहा, भविष्य में कभी मुसलमानों और ईसाइयों को हिन्दू बनाने का विचार भी मन में लाये, तो देश में अक्षरधाम हो जायेगा।"

मैं उसे देखता रहा, "धमकी दे रहे हो?"

"हाँ! धमकी दे रहा हूँ। किसी मुसलमान को हिन्दू बनाकर तो देखा।"

"चाहे वह अपनी इच्छा से ही अपना धर्म-परिवर्तन करना चाहता हो?"

"हाँ! हाँ" चाहे उसकी अपनी इच्छा ही हो। इस्लाम में व्यक्ति की इच्छा का कोई अर्थ नहीं है। वहाँ अल्लाह की मर्जी चलती है। कोई व्यक्ति इस्लाम तभी छोड़ सकता है, जब कोई मौलवी ही उसे निकाल दे।"

"ऐसा क्यों?"

"वह व्यक्ति धर्म नहीं, सामूहिक धर्म है।" उसने मेरा ज्ञानवर्धन किया।

"पर वे हिन्दुओ का धर्म-परिवर्तन करना ही क्यों चाहते हैं?"

"मुसलमानों को तो मुसलमान बनाने का कोई लाभ है नहीं। तो फिर हिन्दुओं को ही मुसलमान बनाना पड़ेगा न।"

"तो बना लो न! जो बनते हैं। कौन रोक रहा है तुम्हें?"

"जयललिता रोक रही है।"

"उन्होंने तो कहा है कि किसी का बलात्, धर्म-परिवर्तन नहीं कराया जा सकता।"

"बलप्रयोग नहीं करेंगे, तो झूठ बोलकर करेंगे। ठगकर करेंगे। उन्हें लुभा और ललचाकर करेंगे। वह तो जयललिता करने नहीं देती।"

"पर तुम्हें उसकी आवश्यकता ही क्या है? वह तो धार्मिकता स्वतन्त्रता का हनन ही नहीं, अपराध भी है।"

"अरे अपनी इच्छा से तो किसी हिन्दू ने अपना धर्म छोड़ा ही नहीं।" वह बोला, "तुम जानते हो, आज तक जितने हिन्दू मुसलमान या ईसाई हुए हैं, वे प्राणों के भय से, अपना सम्मान बचाने के लिए, अपनी धनसम्पत्ति के लोभ

में, उसकी रक्षा करने के लिए और ठगे जाकर ही कुछ और हुए हैं। नहीं तो धर्म के रूप में हमसे अच्छा धर्म और है कौन सा।...और आज वही ठगने का, लुभाने का और बलप्रयोग का अधिकार जयललिता सेकुलरों के हाथों से छीन लेना चाहती है। कितना बड़ा अत्याचार है। तुम कुछ समझते भी हो?"

"नहीं! मैं नहीं समझता और समझना चाहता भी नहीं।" मैंने कहा, "केवल इतनी बात समझता हूँ कि तुम लोग हिन्दुओं को मनुष्य नहीं समझते। तुम उन्हें इस हिन्दू बहुल देश और समाज में भी समानता के आधार पर मानवीय अधिकार देना नहीं चाहते।"

"मैं पहले ही जानता था कि तुम साम्प्रदायिक हो और तुम ऐसी ही बातें करोगे।" वह रूठकर चला गया।

गलती

सम्पादक महोदय मुझसे मिलने आये। बहुत प्यार जताया। शिकायत की कि मैं उनको घास ही नहीं डालता। मन में तो आया कि कहूँ कि कोई अच्छी चीज़ माँगते तो डालता भी। मैं कोई घसियारा तो हूँ नहीं कि घास डालूँ।...पर कहा नहीं।

अन्ततः वे अपनी बात पर आये।

"आप हमको कोई कहानी नहीं भेजते।"

"एक भेजी थी।"

"सच? कब??" वे ऐसे उछले, जैसे मेरा कहानी भेजना भी कोई छक्का मारना हो।

मैंने सच-सच बता देना ही उचित समझा, "वह इस टिप्पणी के साथ वापस आ गयी कि आप लोग अपनी पत्रिका में केवल अच्छी कहानियाँ ही छापते हैं।"

"अच्छा! कब?" सम्पादक ने नौटंकी जारी रखी, "अवश्य ही कार्यालय की भूल से ऐसा हो गया होगा।"

मैं मौन रहा। मेरा मन कह रहा था कि कार्यालय की भूल से कहानी तो वापस आ सकती है; किन्तु ऐसी टिप्पणियाँ कार्यालय का डिस्पैचर नहीं लिखता। वैसे भी मैं सम्पादक महोदय का हस्तलेख पहचानता था।

"आप वह कहानी मुझे दीजिये।" वे बोले, "न केवल उस कहानी को ससम्मान छापूँगा। वरन् उस मूर्ख के कान भी खींचूँगा, जिसने वह कहानी लौटायी है।"

मेरा मन कह रहा था कि यदि यह सच बोल रहा है, तो इसको इसी समय यहाँ कान पकड़कर मुर्गा बन जाना चाहिए। पर वह मुर्गा नहीं बना।

"नहीं! अब वह गलती नहीं दुहराऊँगा।" मैं मुस्कराया, "अब मेरा विचार उसे किसी अच्छी पत्रिका में छपवाने का है।"

कुटुम्ब

डाकिये ने अपने माथे का पसीना पोंछा और कुछ हाँफते हुए कहा, "नया साल मुबारक हो।"

"इस ठंड में तुम्हें इतना पसीना क्यों आ रहा है भाई?" मैंने कुछ सहानुभूति जतायी।

वह हँसा, "जब इतना बोझ लादकर चलूँगा, तो पसीना तो आयेगा ही। सारे देश को आ रहा है। साले कार्ड छापनेवाले इन्हें मूर्ख बना रहे हैं और ये डाक के डब्बों में कार्ड डाल-डालकर हमारी कमर दोहरी किये दे रहे हैं।"

"यह सारा बोझ किसका है?" मैंने उसकी साइकिल के हैंडल से टँगे, कार्डों से अटे, थैलों की ओर देखा, "नये वर्ष का?"

"नहीं! दासता का।" वह कटु ढंग से मुस्कराया।

"दासता क्यों भाई?" मैंने डाकिये से इतनी गम्भीर उक्ति की अपेक्षा नहीं की थी, "सारा संसार नया वर्ष मना रहा है। सारी वसुधा एक कुटुम्ब है।"

"ठीक कहो हो साहब।" वह बोला, "मेरा चचेरा भाई मेरे साथ के घर में रहता है। जब उसकी घरवाली को अपनी भैंस के गोबर के उपले पाथने होते हैं तो हमारे घर की दीवार पर पाथ देती है। पूछो कि ससुरी यह क्या कर रही है? तो उत्तर देती है, 'अरे तो क्या हो गया। एक ही तो घर है। दोनों में कोई अन्तर है क्या?' और जो कभी मेरी घरवाली अपनी भैंस उसके घेर में बाँध दे तो उसे खोलकर कांजी घर ही पहुँचा आवे है। तब एक ही कुटुम्ब नहीं रहता।"

"इसका क्या अर्थ हुआ?" मैंने उजबक के समान उसकी ओर देखा।

"इसका अर्थ हुआ कि जब गोरों को अपना कूड़ा हमारे देश में फेंकना होता है, तो सारी वसुधा एक कुटुम्ब होती है।" उसने उत्तर दिया, "कूड़ा फेंकने के लिए भी तो इसी वसुधा पर कोई स्थान चाहिए। किन्तु यदि हम अपना घर स्वच्छ रखना चाहें तो उन्हें कष्ट होने लगता है। वसुधा एक कुटुम्ब है तो वे हमारा एक भी पर्व क्यों नहीं मनाते? वसुधा एक कुटुम्ब है तो हमारे विमानों का अपहरण क्यों होता है। होता है तो कोई हमारी सहायता को क्यों नहीं

आता। दुष्टों को दंड क्यों नहीं दिया जाता?"

"कहते तो तुम ठीक ही हो। वे नहीं मानते कि वसुधा एक कुटुम्ब है।" मैंने कहा, "यह तो हमारी अपनी उक्ति है। उनका चिन्तन तो अभी वहाँ तक पहुँचा ही नहीं है।"

"हमारा भी नहीं पहुँचा है।" वह बोला, "पहुँचा होता तो हमारी माँ भी हमें चैत्र-वैसाख कुछ सिखाती। हर समय जनवरी-फरवरी ही नहीं चलती।"

"पर सारी दुनिया में आज उन्हीं की चलती है। हम कर ही क्या सकते हैं?" मैंने पूछा।

"दो काम कर सकते हैं साहब।" वह मेरी ओर देखकर मुस्करा रहा था।

"क्या" मैंने पूछा।

"मदिरा पीकर हा-हू कर सकते हैं, या फिर अपने राष्ट्रीय स्वाभिमान की मृत्यु पर लज्जा से धरती में गड़ सकते हैं।"

"तुम बहुत कठोर हो।" मैंने कहा।

"बिना कठोर हुए कहीं देश की लाज बची है?"

"किन्तु संसार के साथ मिलकर चलने में क्या हानि है?"

"महाराणा प्रताप अकबर से मिलकर चलते तो क्या हानि थी?" उसने मेरी आँखों में देखा, "शिवाजी औरंगजेब से मिलकर चलते तो क्या हानि थी? सुभाष और गाँधी अंग्रेजों से मिलकर चलते तो क्या हानि थी? वैसे हम विदेशियों की दासता का बोझ ही तो ढोते, जैसे आज ढो रहे हैं।" उसने कार्डों से भरे थैलों की ओर देखा।

"पर तब हम उनके राजनीतिक दास होते।" मैंने कहा, "स्वतन्त्रता तो हम सबका अधिकार है।"

"सांस्कृतिक पराधीनता तो राजनीतिक पराधीनता से भी बुरी है। सांस्कृतिक स्वतन्त्रता के बिना राजनीतिक स्वतन्त्रता कब तक बची रहेगी?" उसने साइकिल आगे बढ़ायी, "अच्छा चलता हूँ। यदि आप चाहते हैं कि आपके बच्चे अमरीकियों के जूठे बर्तन न धोयें तो जाकर उनको सिखाइये कि इस देश में सप्ताह के दिन सोमवार और मंगलवार होते हैं संडे-मंडे नहीं। वर्ष के महीने चैत्र और बैसाख होते हैं, जनवरी-फरवरी नहीं। जन्म देने और पालन-पोषण करनेवाले माता-पिता होते हैं, मॉम-डैड नहीं। उनके चरण स्पर्श कर उन्हें प्रणाम किया जाता है, दूर से हाय-हाय नहीं किया जाता।"

वह साइकिल पर बैठकर चला गया। मैं उसे देखता ही रह गया।

प्रासंगिकता

उन्होंने प्रासंगिकता की बात उठायी तो मैं उनसे सहमत हो गया। यह बहुत महत्त्वपूर्ण है कि हम जानें कि किस समय हमारे लिए क्या प्रासंगिक है। प्रातः दूधवाला भी प्रासंगिक हो सकता है और समाचारपत्रवाला भी। दाँत का मंजन भी और चाय का प्याला भी। स्वस्थ हों तो क्या करना है हमें डॉक्टर और अस्पतालों का? छुट्टी का दिन हो तो नगर की परिवहन व्यवस्था का अचार डालना है हमको? और तो और पुत्र अथवा कन्या विवाह योग्य हो जाये, तो समाचारपत्रों में प्रकाशित होनेवाले वैवाहिक विज्ञापन भी प्रासंगिक हो जाते हैं।

फिर भी मैं इस प्रसंग को लेकर कुछ परेशान हूँ। यूँ कहें कि परेशानी ही मेरे लिए इस समय प्रासंगिक हो गयी है। जिसको देखो, वह समयसिद्ध सिद्धान्तों, ग्रन्थों, व्यक्तियों और विषयों की प्रासंगिकता पर प्रश्नचिह्न चिपकाये दे रहा है; और गर्व से छाती तानकर सिर उठाये खड़ा है, जैसे कोई महान कार्य किया हो। प्रचलन कुछ इतना बढ़ गया है कि मुझे लगता है कि किसी दिन आधुनिकता के नाम पर यह भी पूछा जायेगा कि मनुष्य के भोजन के साथ पानी पीने की क्या सार्थकता है? यह जिज्ञासामात्र नहीं है। यह प्रश्न नहीं, आपत्ति है। यहाँ प्रासंगिकता की जिज्ञासा ध्वनित कर रही है कि वह वस्तु अनुपादेय है। 'प्रासंगिकता क्या है?' का अर्थ है कि वह प्रासंगिक नहीं है, सार्थक नहीं है, उपादेय नहीं है। हमारा युग आवश्यकता से कुछ अधिक ही उपयोगितावादी हो गया है।

एक प्रदेश की राजधानी में पहुँचा तो देखा कि सड़क किनारे लगे बिजली के प्रत्येक खम्भे पर एड्स से सावधान रहने की चेतावनी चिपकी हुई है। समझ नहीं पाया कि अकस्मात् ही उस नगर में एड्स का रोग इतना प्रासंगिक क्यों हो गया है? पता चला कि विदेश से कोई अनुदान आया है और नगरवासियों को एड्स से सावधान करने का आदेश दिया गया है। अनुदान में बड़ी शक्ति होती है। वह किसी भी वस्तु को कभी भी प्रासंगिक बना सकता है। इसलिए रोगियों और चिकित्सकों के लिए नहीं, विज्ञापन छापने और चिपकाने का

व्यवसाय करनेवालों के लिए एड्स अत्यन्त प्रासंगिक हो उठा। परिणामतः सारा नगर एड्सग्रस्त हो गया।

एक प्रौद्योगिकी संस्थान में आमन्त्रित होकर वहाँ पहुँचा, तो ज्ञात हुआ कि इस समय उनकी सबसे बड़ी प्रासंगिकता यह है कि विज्ञान और तकनीक के उन विद्यार्थियों को थोड़ा-सा भी साहित्य क्यों पढ़ाया जाये? क्या प्रासंगिकता है उसकी? क्या मिलेगा, मनुष्य को उसे पढ़कर? बच्चे पूछते हैं, 'व्हाट विल आई गेन?' वे अभियन्ता बनना चाहते हैं, मनुष्य बनकर उनको क्या करना है?

जब युगयुगों के सर्वमान्य सिद्धान्तों पर कोई इस प्रकार प्रश्नचिह्न लगा देता है तो मैं इतना अकबका जाता हूँ कि मुझे कोई तर्क ही नहीं सूझता। यही सोचता रह जाता हूँ कि कोई इस प्रकार का प्रश्न उठा ही कैसे सकता है? कोई ऐसा दुस्साहस कर ही कैसे सकता है? पर दुस्साहस का क्या है। मेरा अपना पोता घर में प्रतिदिन ऐसे ही प्रश्न उठाता रहता है। तीन वर्ष का होने को आया है। सारे घर में उसने प्रश्न ही प्रश्न बिखेर दिये हैं। कल नहाने के लिए कपड़े उतारे तो नहाने के पश्चात् भी कपड़े पहनने को तैयार नहीं हुआ। बहुत समझाया, 'बेटा कपड़े पहन लो।' वह नहीं माना। लोभ दिखाया कि बाजार जायेंगे, खिलौने लायेंगे। बाजार उसे जाना था। खिलौनों का लोभ भी था। किन्तु कपड़ों की प्रासंगिकता उसे समझ में नहीं आयी। वह बिना कपड़ों के ही बाजार जाने को तैयार हो गया। उसे डराया कि, 'लोग नंगू-नंगू कहेंगे।' वह तनिक भी नहीं डरा। न शरमाया, न लज्जित हुआ। घर के सारे लोग उसे घेरकर पकड़ने पर लगे थे और वह था कि पकड़ में आता ही नहीं था। हाथों में से फिसल-फिसलकर निकल जाता था।

मैंने मान लिया कि जब व्यक्ति की बुद्धि अबोध बालक की-सी होती है, तो वह कपड़े पहनने की प्रासंगिकता पर भी प्रश्न लगा सकता है; और परिवार की तीन पीढ़ियाँ मिलकर भी उसे नहीं समझा सकतीं कि सभ्य समाज में कपड़े पहनने की क्या सार्थकता है।

शान्ति

“कश्मीर में अशान्ति बड़ी लम्बी हो गयी।” उन्होंने कहा, “मेरा विचार है कि अब शान्ति बहाल होनी चाहिए।”

मैं उनसे सहमत हो गया। इसमें मतभेद की गुंजाइश ही कहाँ थी।

“क्या करना चाहिए?” मैंने पूछा, “यहाँ तो एक के बाद एक सरकार आ रही है और नये-से-नये उपाय कर रही है। आज तक कश्मीर में शान्ति नहीं हुई। लोग मर रहे हैं। और मरने से बचने के लिए भाग रहे हैं।”

“ठीक कह रहे हो।” उन्होंने कहा, “कुछ होना चाहिए।”

“कुछ क्यों! बहुत कुछ होना चाहिए। किन्तु क्या होना चाहिए?”

“हमारी सरकार ने जिन आतंकवादियों को पकड़ रखा है, उन सबको मुक्त कर देना चाहिए।” उन्होंने बताया।

“पर जिनको बन्दी किया गया था, उन्हें किसी आरोप में ही बन्दी किया गया होगा।” मैंने कहा, “क्या आरोप था, उन पर?”

“उन पर आरोप!” वे बोले, “आतंकवाद का आरोप था। उन्होंने हत्याएँ की थीं। हत्याओं के लिए लोगों को उकसाया था। कश्मीर को भारत से पृथक् करने का प्रचार किया था।”

“अर्थात् सारी अशान्ति उन्हीं की फैलायी हुई थी।” मैंने कहा।

“हाँ! वे बोले। इतना रक्तपात हुआ कि पुलिस से नहीं सँभला, तो सेना बुलानी पड़ी।” उन्होंने बताया, “तब कहीं बड़ी मुश्किल से इन लोगों को पकड़ा गया था।”

“हाँ! सरलता से तो वे पकड़ में नहीं आये होंगे।” मैंने कहा, “उनको पकड़ने के लिए गयी पुलिस और सेना के जवानों ने अपना बलिदान भी दिया होगा?”

“हाँ! बहुत सारे लोग मारे गये थे। प्रतिदिन मारे जा रहे हैं। आतंकवाद कोई समाप्त तो हुआ नहीं है।” वे बोले।

“तो फिर ऐसे लोगों को आप मुक्त क्यों करना चाहते हैं?” मैंने पूछा, “उनके मुक्त होने से कश्मीर में शान्ति स्थापित होगी या फिर से अशान्ति बढ़ जायेगी?”

“हाँ! शायद तुम ठीक कहते हो, पर कुछ तो करना ही चाहिए।” वे बोले, “ऐसे

लड़ते रहने से क्या होगा। कश्मीर की जनता मारकाट से तंग आ चुकी है।"

"मैं भी तो यही कह रहा हूँ कि कश्मीर ही नहीं, मानवता भी मारकाट से तंग आ चुकी है। उसे रोका जाना चाहिए।... और आप हैं कि मारकाट करनेवालों को कारागार से छुड़ाकर खुला घूमने के लिए छोड़ देना चाहते हैं, ताकि वे जिसे चाहें, उन्हें गोलियों से भून दें।"

"पर कश्मीर की जनता यही चाहती है। उसके बिना उसे शान्ति नहीं मिलेगी।" वे पूर्णतः विश्वस्त थे।

"ऐसा कैसे हो सकता है।" मैंने कहा, "जो लोग किसी को भी मार डालते हैं। किसी के भी घर में घुसकर उनका धन छीन लेते हैं। उनकी स्त्रियों के साथ अत्याचार करते हैं—उनकी स्वतन्त्रता की कामना कश्मीर की जनता क्यों करेगी?"

"क्योंकि वे शान्ति चाहते हैं। क्योंकि हम शान्ति चाहते हैं।" वे बोले, "आखिर तो आतंकवादी भी लोगों को मारते-मारते थक जायेंगे। कब तक मारते ही जायेंगे। आखिर तो नादिर शाह भी थक गया था।"

"तो आप चाहते हैं कि आतंकवादी कश्मीरियों को मारते-मारते थक जायें। और नादिर शाह के समान कश्मीर पर अधिकार कर लें।"

"अब जो हो सो हो।" उन्हें लग रहा था कि उन्होंने समस्या का समाधान ढूँढ़ लिया है।

"और रमज़ान के महीने में युद्धविराम के विषय में आपका क्या विचार है?" मैंने पूछा।

"हाँ! यह तो होना ही चाहिए। रमज़ान पवित्र महीना है।" वे बोले, "आप जानते हैं कि जनरल मुशर्रफ ने भी तालिबान के विरुद्ध युद्ध में अमरीका को यही परामर्श दिया था।"

"वह तो इसलिए था क्योंकि मुशर्रफ तालिबान की सहायता करना चाहते थे।..."

"पर मैं ऐसा कुछ नहीं करना चाहता।" उन्होंने मेरी बात काट दी, "मैं तो इसलिए कह रहा हूँ, क्योंकि धर्म इन आतंकियों के लिए बहुत पवित्र चीज़ है। हमें उनके पवित्र महीने में उनको नहीं मारना चाहिए।"

"आप कहते तो ठीक हैं।" मैंने कहा, "पर तौल तो लीजिये कि धर्म उनके लिए कितना महत्वपूर्ण है। अमरनाथ की यात्रा के समय उनका विशेष अभियान होता है कि वे उस यात्रा को निर्विघ्न पूरा नहीं होने देंगे और जितने अधिक तीर्थयात्रियों की हत्या कर सकेंगे, करेंगे।"

"आप धर्म की नहीं, साम्प्रदायिकता की बात कर रहे हैं।" उन्होंने निर्लज्जता से दाँत दिखा दिये।

जर्दा

उस व्यक्ति का अपमान हो गया था। वह अपने अपमान से इतना क्रुद्ध हो गया था कि अपने होशहवास खो बैठा। उसने अपनी चौकी पर बैठे पानवाले को उसके कॉलर से पकड़कर तीन-चार चाँटे लगा दिये।

उससे सन्तोष नहीं हुआ तो चिल्लाया, "तू मेरा अपमान करता है। ठहर तुझे मैं बताता हूँ कि मेरे अपमान का परिणाम क्या होता है।"

रामलुभाया उस परिणाम को सुनने को बहुत आतुर था। वह जानना चाहता था कि अपने अपमान का प्रतिशोध किस-किस प्रकार से लिया जा सकता है। किन्तु उस अपमानित व्यक्ति ने जो परिणाम बताया वह रामलुभाया के लिए एकदम अनपेक्षित था और उसकी संहिता से बाहर का पदार्थ था। उसने कभी सोचा भी नहीं था कि कोई स्वयं नंगा होकर दूसरे से अपने अपमान का प्रतिशोध ले सकता है।

उस व्यक्ति ने बताया कि परिणाम के रूप में यदि उसने पानवाले के परिवार की अमुक-अमुक स्त्री से सड़क पर बलात्कार नहीं किया तो वह अपने बाप का बेटा नहीं, "मेरा अपमान करता है।" उसने अपने मूँछविहीन होंठ पर इस प्रकार हाथ फेरा, जैसे इतिहास में केवल राजपूत ही अपनी पली-पलाई मूँछों पर फेरा करते थे।

रामलुभाया को लग रहा था कि वह अपमानित व्यक्ति कोई हरामजादा ही था, नहीं तो इस प्रकार के स्थानों पर कोई ऐसा अभद्र और अश्लील व्यवहार नहीं करता।

विवाह का खूब तामझाम था और पैसा भी बहुत खर्च हुआ था। लड़के-लड़की को बहुत कुछ मिला होगा। बरातियों-घरातियों को बहुत अच्छा भोजन मिला था—उससे लोगों का पेट भी भर गया था और मन भी। हर ओर तृप्ति ही तृप्ति दिखायी पड़ रही थी। रामलुभाया ने भी अपने परिवार के साथ जमकर खाया था। जब और कुछ खाने की सम्भावना न रही तो सोचा कि पान भी खाते चलें। पान और पानवाले को यह शिकायत क्यों रहे कि उनको सेवा का अवसर नहीं दिया गया; किन्तु यहाँ पानवाले के पास तो दृश्यावली ही कुछ और थी। वह व्यक्ति पानवाले का ही नहीं रामलुभाया समेत सब खड़े लोगों

के सामने गन्दी गालियाँ बककर सबका अपमान कर रहा था। इतनी भद्र महिलाओं की ओर भी उसका ध्यान नहीं था। वह अपनी प्रशस्ति में कह रहा था, "मुझे कोई भला आदमी समझा है। अव्वल दर्जे का हरामजादा हूँ मैं। मुझे जर्दा नहीं खिलायेगा, मैं खिलाता हूँ तुझे जर्दा। तेरी माँ को खिलाऊँगा, तेरी बेटी को खिलाऊँगा जर्दा। मेरा अपमान करता है।"

रामलुभाया की समझ में आ गया कि मामला केवल जर्दावाले पान का था, क्योंकि साधारण पान तो पानवाला हाथोंहाथ पकड़ाता जा रहा था।

"पानवाले! तूने बाबूजी का अपमान क्यों किया भाई?" भीड़ में से एक व्यक्ति बोला।

रामलुभाया से अब रहा नहीं गया। बोला, "कौन किसका अपमान कर रहा है, पहले देख तो लीजिये। पानवाला गरीब आदमी है, किन्तु इसका यह अर्थ तो नहीं है कि आप उसके परिवार की महिलाओं को जर्दा खिलाने तक पहुँच जायें।"

और तब रामलुभाया ने देखा कि वह अपमानित व्यक्ति बुरी तरह पिये हुए था और झूम रहा था। उसने अपनी अधखुली आँखों से रामलुभाया को भी देखा। रामलुभाया को लगा कि वह अभी उसे भी जर्दा खिलाने का अभियान छेड़ देगा।

रामलुभाया को उस स्थान पर खड़े रहना ही अपमानजनक लग रहा था।... ऐसे लोगों के साथ वह इस विवाह में सम्मिलित हुआ था। वह इस समाज का अंग नहीं हो सकता, जहाँ लोग शराब पीकर वाही-तबाही बकते हैं और दूसरों का अपमान करते हैं। लोग उस पियक्कड़ को मनाने का प्रयत्न कर रहे थे। उसकी चिरौरी कर रहे थे। उसके अपमान की क्षतिपूर्ति हो रही थी और पानवाले को भला-बुरा ही नहीं कहा जा रहा था, 'बाबूजी' से क्षमायाचना करने के लिए भी कहा जा रहा था।...

ज्ञात हुआ कि वह पियक्कड़ लड़की का फुफेरा भाई था...पानवाले को पैसों का भुगतान तो उसके मामाजी ही करनेवाले थे।...

रामलुभाया ने अपनी पत्नी को संकेत किया, "चलो। नहीं खाना, हमें पान-वान।"

वे लोग पान खाने की तृष्णा मन में सँजोये हुए ही चले आये।

रामलुभाया को एक लड़की स्मरण आ रही थी। वह उस लड़की को नहीं जानता था। वह लड़की भी उसे नहीं जानती थी। अब तो वह उसका नाम भी भूल चुका था और उस लड़की ने तो उसका नाम कभी सुना भी नहीं होगा। रामलुभाया ने उसके विषय में समाचारपत्र में पढ़ा था और उसका चित्र देखा

था। लड़की बहुत सुन्दर थी। रामलुभाया ने सोचा शायद कोई नयी मॉडल होगी। किन्तु समाचार उसके सौन्दर्य के विषय में नहीं, उसकी आत्महत्या के विषय में छपा था।... उसका विवाह उसके माता-पिता ने अपनी बिरादरी के एक भले आदमी के साथ किया था। उस भले आदमी ने विवाह के पश्चात उसे और दहेज लाने के लिए परेशान किया और इतना परेशान किया कि विवाह टूट गया। दोनों पृथक् हो गये। लड़की अपने मायके आ गयी।

माता-पिता ने फिर से प्रयत्न किया और अपनी ही बिरादरी में एक और तलाकशुदा भला आदमी देखकर उससे अपनी पुत्री का विवाह कर दिया। दूसरा भला आदमी पहले से भी कुछ अधिक ही भला था। उसने अपनी पहली पत्नी से तलाक भी नहीं लिया था और झूठ बोलकर दूसरा विवाह कर लिया था; और अब वह और दहेज माँग रहा था। यहाँ भी झगड़ा इतना बढ़ा कि तलाक की स्थिति आ गये। लड़की महिला उत्पीड़न विभाग में गयी। वहाँ की महिला अधिकारी ने उसे ही दोषी ठहराते हुए उससे अपना दहेज माँगा। लड़की को तब पता चला कि उसका भूतपूर्व और वर्तमान पति मिल गये हैं। उनमें कुछ समझौते हो गये हैं। उन्होंने परस्पर मिलकर, कुछ दे दिलाकर इस महिला अधिकारी को भी पटा लिया था।

अब सिवाय विवाह-तोड़क न्यायालय में जाने के और कोई मार्ग नहीं था। लड़की वहाँ पहुँची।

उसके वर्तमान पति के वकील ने माननीय न्यायमूर्ति के सम्मुख जिरह की आड़ में उससे कुतर्क करते हुए कहा कि वह वेश्या है और उसके पिता उसके दलाल हैं। वे पैसे के लिए उसे विभिन्न पुरुषों के पास भेजते हैं। लड़की स्वाभिमानिनी भी थी और दुखी भी। वह अपना और अपने पिता का यह अपमान नहीं सह सकी। आपा खो बैठी। आवेश में आकर उसने विपक्षी वकील को एक चाँटा दे मारा।

चाँटा वकील को पड़ा; किन्तु माननीय न्यायधीश रुष्ट हो गये।... उनकी उपस्थिति में एक आरोपी एक वकील को चाँटा कैसे मार सकती थी। यह वकील का नहीं, उनका अपमान था, क्योंकि न्यायालय वकील का नहीं, उनका था। चाँटा वकील के गाल पर पड़ा था किन्तु उसकी चोट न्यायमूर्ति के हृदय पर लगी थी। कारण कहीं और था और कार्य कहीं और हो गया। इसे काव्यशास्त्र में असंगति अलंकार कहते हैं। कानून में इसे कुछ और कहते होंगे। न्यायमूर्ति ने काव्यशास्त्र नहीं कानून पढ़ा था। उन्होंने लड़की पर न्यायालय की मानहानि का मुकदमा ठोंक दिया।

लड़की ने किसी ओर से आशा की कोई किरण न पाकर, घर लौटकर

आत्महत्या कर ली, ताकि उसके पिता को उसके कारण न तो आर्थिक दंड सहते जाना पड़े और न ही इस प्रकार सार्वजनिक रूप से अपमानित होना पड़े।

रामलुभाया सोच रहा था कि वकील ने जब लड़की को वेश्या और उसके पिता को दलाल कहा तब भी न्यायमूर्ति वहाँ उपस्थित थे। वकील की इस अश्लील हरकत से वे अपमानित क्यों नहीं हुए। वकील का अमर्यादित आरोप न्यायालय का अपमान क्यों नहीं करता? न्यायमूर्ति ने उठकर उस अशिष्ट, असभ्य और अभद्र वकील को एक चाँटा क्यों नहीं मारा। उनके लिए उचित था कि वे उसे हंटर से मारते। उन्होंने अपना काम नहीं किया, तो यदि उस लड़की ने उनका काम कर दिया तो अपमान न्यायमूर्ति का कैसे हुआ?

रामलुभाया को न तो उस पियक्कड़ का अपमान समझ में आ रहा था और न ही न्यायमूर्ति का।

नये ड्राफ्ट

मुझे बैंक में रामलुभाया मिल गया।

बोला, "हजार-हजार के नोट हैं क्या?"

"नहीं!" मैंने कहा, "क्या करने हैं?"

वह मेरे प्रश्न को टाल गया, "पाँच-पाँच सौ के हैं या वे भी नहीं हैं?"

"नहीं! वे भी नहीं हैं।" मैंने कहा, "पर करने क्या हैं बड़े नोट?"

"किसी को रिश्वत देनी है।" वह बोला, "जितने बड़े नोट होंगे, मुझे उतनी ही सुविधा रहेगी। चुपचाप खिसका दूँगा। वह भी आराम से जेब में रख लेगा। गिनने में भी अधिक परेशानी नहीं होगी।"

"रामलुभाया!" मैंने कुछ परेशान होकर कहा, "ऐसी बातें क्या सार्वजनिक स्थानों पर घोषित रूप से करनी चाहिए? तुम कैसे आदमी हो।"

"और सुनो।" वह बोला, "इसमें अब गोपनीयता जगजाहिर है सब कुछ। अब समय आ गया है कि हम सत्य को स्वीकार कर ले।"

"क्या स्वीकार कर लें?"

"ग्राउंड रियेलिटी।"

"वह क्या है?"

"यही कि रिश्वत, उत्कोच, घूस, सुविधा शुल्क—कुछ भी कहो, नाम में क्या रखा है—के बिना अब इस देश का काम नहीं चलने का।"

"तो?"

"तो फिर जनता और सरकारी अधिकारियों, कर्मचारियों और राजपुरुषों की सुविधा का ध्यान रखना चाहिए न!"

"कैसे?"

"सरकार को कुछ दस-दस हजार के और थोड़े लाख-लाख के नोट छापने चाहिए, ताकि सारा मामला सुविधा से सुलझाया जा सके।"

"वैसे एक तरीका और है रामलुभाया!" मैंने कहा।

"क्या?"

"सरकार को चाहिए कि वह उत्कोच के लिए विशेष रूप से कुछ नये

प्रकार के बैंक ड्राफ्ट छापे।" मैंने कहा, "उनकी गुप्त संख्या..."

"गुप्त संख्या क्या?" उसने पूछा।

"कोड नम्बर।" मैंने कहा, "उसका कोड नम्बर अप्रत्यक्ष होना चाहिए, जिसे केवल स्विज बैंक पढ़ सके।"

"विचार तो अति दिव्य है। ऐसा हो जाये तो मजा ही आ जाये।" रामलुभाया ने कहा, "पर यह बड़ा पूँजीवाद समर्थक विचार है।"

"क्यों?"

"अरे हम जैसे मध्यमवर्गी लोग, जो हजार, दो हजार की रिश्वत देते हैं, उनका विचार इस योजना में एकदम नहीं रखा गया है।" वह भाषण करने की मानसिकता में आ गया, "यह योजना केवल ऊँचे उत्कोच-प्रेमियों के लिए है। ठेली-रेहड़ीवाले लोग जो पुलिस के सिपाही को सौ-पचास रुपये देते हैं, उनका क्या होगा? पुलिस का वह सिपाही तो स्विट्जरलैंड के बैंक में अपना खाता खोले नहीं बैठा है। क्यों गरीब सिपाही के पेट पर लात मारते हो?"

"रामलुभाया तुम पूँजीपतियों के विरुद्ध हो, किन्तु भ्रष्टाचार के विरुद्ध नहीं हो?" मैंने कहा, "तुम्हें ऐसा नहीं लगता कि भ्रष्टाचार से पूँजी एकत्रित होती है और एकत्रित पूँजी से भ्रष्टाचार पनपता है?"

"ये सब बातें तुम जैसे विचारकों और चिन्तकों के लिए हैं।" वह बोला, "हम तो बस ग्राउंड रियेलिटी जानते हैं।"

"वह क्या है?"

"समाज को भ्रष्ट करो। अनुशासन और शासन को नष्ट करो।" उसने कहा, "खाओ पिया और मौज करो।"

"मैं समझा नहीं।"

"इसमें समझने को क्या रखा है महाराज!" वह हँसकर बोला, "अवैध काम करो और उन्हें वैध कराने के लिए उत्कोच दो।"

"पर अवैध काम करो ही क्यों?"

"क्योंकि सरकार यही चाहती है।"

"संविधान और दंडसंहिता बनानेवाली सरकार ऐसा क्यों चाहेगी?"

"सरकार ऐसा न चाहती, तो वह पुलिस क्यों बनाती।" रामलुभाया पूरे आत्मविश्वास से बोला, "पुलिस का काम है, वैध काम करनेवालों को इतना परेशान करना कि वे अवैध काम करने को बाध्य हो जायें।"

"क्या प्रमाण है?"

"मेरा स्कूटर एक गाड़ी के सामने आ गया। तमाशा देखने के लिए लोगों

ने पुलिस बुला ली।" उसने बताया, "मैंने गाड़ीवाले से अपनी भूल के लिए क्षमा माँग ली और पुलिस को भी कह दिया कि दोष मेरा ही था।"

"पुलिसवालों ने मुझसे कहा, माफी-वाफी, दोष-वोष को भूल जा। नियम यह है कि यदि दो गाड़ियों में टक्कर हो तो दोष बड़ी गाड़ी का होता है।"

"पर दोष मेरा था।" मैंने कहा, "मैं लालबत्ती की अनदेखी कर गया था।"

"कोई बात नहीं। लालबत्ती की ऐसी-तैसी। अब या तो गाड़ीवाले से पाँच हजार वसूल कर, चार हजार हमें दे, या फिर लालबत्ती की अनदेखी करने और बिना लाइसेंस के स्कूटर चलाने के अपराध में बन्द हो जा।"

"पर मेरे पास लाइसेंस है।"

"कहाँ है?"

"मैंने अपना लाइसेंस निकाल कर दिखाया। उसने उसे पकड़कर अपनी जेब में डाल लिया और पूछा, 'अब कहाँ है?"

"मैं फटी-फटी आँखों से उसका चेहरा देखता रहा। उसने कहा, 'देखो मुन्ना! अब ग्राउंड रियेलिटी यह है कि तुम्हारे पास लाइसेंस नहीं है। चाहूँ तो स्कूटर जब्त कर लूँ चाहूँ तो तुम्हें बन्द कर दूँ। अब बताओ, गाड़ीवाले से चार हजार दिलवाते हो?"

"तो तुमने गाड़ीवाले से पाँच हजार वसूल किये?" मैंने रामलुभाया से पूछा।

"किये।" उसने बताया, "पर वे सौ-सौ के नोट हैं। पुलिसवाले ने कहा है कि उन्हें हजार के नोटों में बदलकर लाऊँ, क्योंकि उसकी पत्नी हजार का नोट देखना चाहती है। इसलिए तुम्हारी शरण में आया हूँ।"

"तो अब क्या करोगे?"

"जाकर गाड़ीवाले को नोट लौटाता हूँ कि वह हजार के नोट लाये, या फिर वह मेरे स्थान पर हवालात में बन्द हो जाये।" उसने रुककर मेरी ओर देखा, "कोई और घटना सुनाऊँ?

"नहीं।" मैंने कहा, "मैं सहमत हो गया हूँ।"

क्यारी

चुन्नू और मुन्नू वाटिका में खेल रहे थे। उन्होंने अपने उल्लास में जब दो-एक क्यारियाँ रौंद डालीं तो माली अपने को रोक नहीं सका और उसने उन दोनों को डाँट दिया, "खेलना है तो वाटिका से बाहर जाकर खेलो।"

चुन्नू और मुन्नू को यह एकदम अच्छा नहीं लगा। उन्होंने माली को ढेले मारने का प्रयत्न किया; किन्तु माली उससे नहीं माना। उसने चुन्नू की बाँह ही पकड़ ली।

"चलो बाहर।"

"जानते भी हो, हम कौन हैं।" मुन्नू ने माली को धमकाया, "हमारे पापा! बहुत बड़े आदमी हैं।"

"तुम भी कुछ बड़े बनो।" माली ने कहा, "और इस वाटिका को नष्ट मत करो। क्यारियाँ फूल खिलाने के लिए हैं, पैरों से रौंदने के लिए नहीं।"

चुन्नू और मुन्नू को माली की बात समझ में नहीं आयी। वे तो यह जानते थे कि उनको मनमानी नहीं करने दी गयी। फूलों से उनका परिचय नहीं था और न ही वे वाटिका का अर्थ समझते थे। वे तो यह जानते थे कि उन्हें मनमाने ढंग से एक-दूसरे के पीछे दौड़ने नहीं दिया गया। उसके लिए माली को दंडित किया जाना चाहिए।

उन्होंने रोते हुए आकर रामलुभाया से शिकायत की। रोते-रोते बताया कि माली ने उनकी बाँह मरोड़ी है। उन्हें डाँटा है और धक्के देकर वाटिका से बाहर निकाल दिया है।

अपने बच्चों की पिटाई की बात सुनकर रामलुभाया को बहुत कष्ट हुआ। कोई उसके बच्चों को पीटे तो वह मुहल्ले का नेता ही क्या हुआ। वह माली से लड़ने के लिए वाटिका में जा पहुँचा। पर माली अपने धर्म का पक्का था, उसने स्पष्ट शब्दों में कह दिया कि वह माली है। उसका काम है वाटिका की रखवाली। जो कोई भी वाटिका उजाड़ेगा, वह उसको ऐसा नहीं करने देगा। उसने यह भी कह दिया कि चुन्नू और मुन्नू तो बच्चे हैं। वे नहीं समझते तो न समझें, पर रामलुभाया तो वयस्क है। उसे तो समझ होनी चाहिए कि क्यारियाँ

उजाड़ना अच्छा नहीं है। वह अपने बच्चों को समझाने के स्थान पर माली से ही लड़ने चला आया है।

रामलुभाया ने उसे अपनी अफसरी में डाँटा, "चुप कर। नौकरी से निकलवा दूँगा।"

"जो करना है कर लो।" माली निर्भीक स्वर में बोला, "मेरा तो काम है खुरपी लेकर क्यारियाँ गोड़ना। पौधों को सींचना और कुत्तों, गउओं तथा गधों को वाटिका से बाहर हाँकना। यहाँ नहीं करूँगा। कहीं और कर लूँगा।"

रामलुभाया को न वाटिका दिखायी पड़ रही थी, न माली। उसे तो अपनी नेतागिरी पर संकट दिखायी पड़ रहा था।

सहसा वह प्रसन्न हो उठा। बहुत दिनों से उसे कोई झगड़ा नहीं मिल रहा था। इसीलिए उसके नेतृत्व का विस्तार नहीं हो रहा था। आज एक समस्या उसके हाथ लग गयी थी। उसने तत्काल एक आवेदनपत्र तैयार किया और अपने पड़ोसियों को पढ़ाये बिना, उस पर उनके हस्ताक्षर करवा लिये। उनको बता दिया कि मुहल्ले की वाटिका के सुधार के लिए नगर निगमवालों को पत्र लिखा है। मुहल्ले में किसी को इतना अवकाश ही नहीं था कि कोई उसका आवेदन पत्र पढ़ता। सब पैसा कमाने में लगे हुए थे, इन सब बातों में सिर कौन मारता।

रामलुभाया नगर निगम के कार्यालय में पहुँचा। आयुक्त ने उसका पत्र पढ़ा और हँसकर बोला, "आप कैसी बात कर रहे हैं रामलुभायाजी! ऐसा कैसे हो सकता है कि आपका मुहल्ला तो नगर निगम के अधीन हो और वाटिका पर नगर निगम का कोई अधिकार न हो।"

"तो आप हमारे मुहल्ले को ही नगर निगम से स्वतन्त्र कर दीजिये।"

"यह सम्भव नहीं है।" आयुक्त बोला। और अगले ही क्षण उसने मुस्कराकर पूछा, "आपके मुहल्ले की सफाई कौन करेगा?"

"हम कर लेंगे।" रामलुभाया बोला, "हम संयुक्त राष्ट्रसंघ से सहायता ले सकते हैं। वह न माने तो अमरीका से कह सकते हैं कि वह हमें भी अपने संघ का एक स्वतन्त्र राज्य बना ले। और कोई नहीं मानेगा तो पाकिस्तान तो है ही। हम पाकिस्तान के साथ मिलकर एक नया संघ राज्य बना सकते हैं।"

आयुक्त की समझ में कुछ नहीं आया। रामलुभाया पागल तो नहीं लग रहा था; किन्तु उसमें देशतोड़क नेतृत्व के कीटाणु बड़ी संख्या में विद्यमान थे। इसका वश चले तो यह नगर के प्रत्येक मुहल्ले को एक स्वतन्त्र देश में बदल दे।

"क्या यह सम्भव है?" आयुक्त ने भीरु स्वर में पूछा।

"सम्भव क्यों नहीं।" रामलुभाया हँसा, "पूर्वी तीमूर अमरीका की छत्रछाया

में स्वतन्त्र हो सकता है तो हमारा मुहल्ला क्यों नहीं हो सकता। अमरीका वह शक्ति है आयुक्त साहब! जो आपके घर में आपकी पत्नी को एक पृथक् कमरे में बसाकर स्वतन्त्र देश का रूप दे दे।" रामलुभाया ने रुककर उसे घूरा, "आपके हित में यही है कि आप मेरी बात मान जायें, नहीं तो।"

"नहीं तो?" आयुक्त ने पूछा।

"नहीं तो आपकी पत्नी को यह सूचना पहुँचा दूँगा कि वह आपसे स्वतन्त्र होकर आपके घर में अमरीका की छत्रछाया में रह सकती है।"

आयुक्त एकदम डर गया। बोला, "मैं तो आपकी बात मान लूँ। पर यह सब मेरे अधिकार क्षेत्र में नहीं आता।"

"आप केवल यह लिख दें कि मुहल्ले में जनमत संग्रह कराया जाये। शेष सब कुछ मैं देख लूँगा।"

"रामलुभायाजी!" पास खड़ा चपरासी बोला, "आप शायद यह नहीं जानते कि जनमत संग्रह मुहल्ले के आधार पर नहीं, समग्र देश के आधार पर होगा। और सारे देश के जनमत संग्रह का आदेश है कि आप जैसे देशद्रोहियों को इस देश में रहने के अधिकार से पूर्णतः स्वतन्त्र कर दिया जाये। हमने निश्चय किया है कि आपका मकान तो मुहल्ले में ही रहेगा; किन्तु आप देश से बाहर होंगे। अब भूमि का कोई खंड इस देश से पृथक् नहीं होगा। निकाले जायेंगे वे लोग, जो भूमि को बाँटना चाहते हैं। किसी क्यारी को यह अधिकार नहीं दिया जा सकता कि वह पूरी वाटिका को उजाड़ने का षड्यन्त्र करे।"

(8. 9. 1999)

समझौते

"मैडम चाहती हैं कि आप और हम इस बार मिलकर चुनाव लड़े।" प्रतिनिधि ने कहा, "हम आपको राज्य में गद्दी पर बैठायेंगे, आप मैडम को केन्द्र में गद्दी दिलवायें।"

"पर मैडम को तो सदा अकेले चलने की आदत थी।" डी.एम.के. ने कहा।

"वह ऐसा है न कि उन्होंने भारत में आते ही कविकुल गुरु रवीन्द्रनाथ ठाकुर की पंक्तियाँ पढ़ ली थीं—एकला चलो रे। उन्होंने मान लिया कि वही भारतीय संस्कृति है। उसी से वे अकेली ही चलना चाहती हैं। भारतीय संस्कृति अपनानी है न!"

"पर रवीन्द्रनाथ ठाकुर ने तो कहा है कि पुकारने पर भी कोई नहीं आये तो अकेला चल।" डी.एम.के. ने कहा, "पर आप लोग तो बिना पुकारे ही अकेले चलने लगते हैं।"

"वह असल में हुआ यह कि उस पंक्ति का यह पहला खंड न 'डाक दिये केऊ नाइ आशे तो'—पुकारने पर भी कोई न आये तो,—मैडम ने अब पढ़ा है। पढ़ा क्या है, भाजपा ने पढ़वा दिया है।"

"उन्होंने नहीं पढ़ा था, तो आप लोग उन्हें समझा नहीं सकते थे?"

"अजी कमाल करते हैं आप।" प्रतिनिधि बोला, "उन्होंने तो देर-सवेर से पढ़ भी लिया। हममें से कौन पढ़ा-लिखा है। हम तो अब भी वही चाहते हैं...।"

"क्या?"

"कि अकेले ही चलते रहें। हमसे कोई सत्ता बाँटनेवाला न हो।"

"तो फिर यहाँ क्या करने आये हैं?"

"वह तो हम चुनाव के बाद बतायेंगे।" प्रतिनिधि बोला, "देश की साम्प्रदायिक शक्तियाँ नहीं चाहतीं न कि हम अकेले चलें। इसी से बाध्य होकर आना पड़ा। आपकी शरण में आये हैं। संकट का काल है। बताइये, हमारी झोली में क्या डालते हैं?"

"आपकी बाध्यता हम समझते हैं।" डी.एम.के. ने कहा, "किन्तु कल कहीं

कोई मैडम के कान में फूँक दे कि हमारी सहानुभूति उस तमिल आन्दोलन के साथ भी कही जाती है, जिसके सदस्यों ने मैडम के पति की हत्या की थी। तो?"

"फूँकता है तो फूँक दे।" प्रतिनिधि ने कहा, "राजनीति में तो यह सब होता ही रहता है। कभी कोई मारा जाता है, कभी कोई। फिर मरने-मारने की बात आयेगी, तो उसे फिर देख लेंगे। इस समय तो आप हमारी सहायता करें, हम किसी की नहीं सुनेंगे और इतिहास भूगोल सब भुला देंगे।"

"चलिये, हम तैयार हैं; किन्तु शर्त यह है कि तमिलनाडु में सारी सेकुलर पार्टियाँ हमारा समर्थन करें और मुख्यमन्त्री मुझे ही स्वीकार करें।"

"पक्की बात।"

प्रतिनिधि लखनऊ पहुँचा, "बहनजी हमारी सहायता करो। मैडम तो आपको हैप्पी बर्थ डे कह ही गयी हैं।"

"अब होश आया आपको?" बहनजी कुछ रुष्ट हुई, "जब मुलायम मेरी हत्या करवा रहा था, तब आप कहाँ थे? एक शब्द नहीं बोले आप।"

"तो जब आप भाजपा की हत्या कर रही थीं, तब ही कहीं बोले हम?" प्रतिनिधि बोला, "बिहार में हत्याएँ ही हत्याएँ हो रही हैं, तब कौन-सा हम बोल रहे हैं। वैसे भी बोलना हो तो इस देश में हिन्दी में बोलना पड़ता है; और उसमें मैडम का हाथ कुछ तंग है।"

"बोलने को तो मैं अंग्रेजी बोल लूँ पर पता नहीं मेरी अंग्रेजी मैडम को समझ आये न आये। इसीलिए मैं तो हिन्दी ही बोलूँगी...।"

"तो बोलिये न। आपको कौन मना कर रहा है।" प्रतिनिधि ने कुछ भेंट उपहार प्रस्तुत किये, "तो बताइये, हाथ मिलाती हैं, या नमस्ते ही करेंगी?"

"वह सब तो ठीक है, पर आप लोग तो अब भी मेरी सरकार गिराकर मुलायम के साथ गलबहियाँ डाले बैठे हैं और दूसरी ओर बहनजी से सहायता भी माँग रहे हैं। पहले उसे तो धकियाइये।"

"अरे आपने दो-दो बार भाजपा के साथ गठबन्धन किया। अपनी पारी खेली और उन्हें धता बता दिया।..."

"वह तो मैं आपके साथ भी करनेवाली हूँ।" बहनजी बोलीं, "जब तक मैं मुख्यमन्त्री हूँ तब तक गठबन्धन है।... और हाँ! पैसे-वैसे के विषय में बात मत कीजियेगा। मेरा नाम माया है।"

"मुख्यमन्त्री तो आप ही रहेंगी।" प्रतिनिधि ने कहा, "हम तो बस उन साम्प्रदायिक शक्तियों को सत्ता से दूर रखना चाहते हैं।"

"वे मनुवादी!" बहनजी का स्वर कोमल हो गया, "बड़े भले आदमी हैं

बेचारे। तनिक-सी धूर्त्तता न कर पाते हैं, न समझ पाते हैं। उन्होंने मेरे प्राण बचाये। दो-दो बार मुख्यमन्त्री बनाया, पर मेरी चाल नहीं समझ पाये।"

"तो आप उनके साथ नहीं हैं न?"

"साथ तो मैं माया के ही हूँ, पर चलिये हाथ मिला लेते हैं।"

प्रतिनिधि प्रसन्न होकर महाराष्ट्र पहुँचा, "क्यों भैये! हाथ मिलाते हो?"

"नेता वही विदेशिनी रहेगी?" पवार ने पूछा।

"नेता तो वे ही रहेगी, तुम तो नेता बन नहीं पाओगे।"

"क्यों? मैं नेता क्यों नहीं बन सकता?"

"बनना होता तो अब तक बन न गये होते? यदि साम्प्रदायिक शक्तियों के साथ जाओगे, तो शिवसेना तुम्हें खा जायेगी।" प्रतिनिधि बोला।

"पर यदि मैं तुमसे हाथ मिला लेता हूँ तो यहाँ विदेशिनी नेता होगी, और वहाँ संगमा।" पवार ने कहा।

"क्यों संगमा को साम्प्रदायिक शक्तियों का भय नहीं है?"

"अरे उसके प्रदेश में न शिवसेना है, न बाल ठाकरे।" पवार ने कहा, "उसके तो ठाठ हैं। यहाँ रहेगा तो हमारा नेता बन बैठेगा, वहाँ रहेगा तो सारे उत्तर-पूर्व का नेता बन जायेगा। पता नहीं भगवान् ने मुझे ऐसा भाग्य क्यों नहीं दिया।"

"इसीलिए तो कह रहा हूँ हमसे समझौता कर लो, नहीं तो फिर भगवान् से ही समझौता करना पड़ेगा।"

"समझ नहीं पा रहा हूँ कि तुम्हारी भगवती से समझौता करूँ या भगवान् से?"

"क्यों?"

"अरे भाई सिद्धान्त आड़े आते हैं?"

"धर्म-अधर्म, सिद्धान्त-विद्धान्त भूल जाओ। समझौता ही इस युग का धर्म है। आ जाओ।"

प्रतिनिधि बोला, "धर्म की बात युधिष्ठिर और कृष्ण सोचते थे। दुर्योधन ने तो केवल समझौते ही किये थे।"

पवार ने हाथ आगे बढ़ा दिया।

आत्महत्या

एक नेता जी थे और एक पुलिस वाला।

"क्या सोचा है?"

"किस विषय में?"

"आतंकवाद के विषय में।" नेता जी बोले, "यह समाप्त ही नहीं हो रहा है। पहले तो आतंकवादी पाकिस्तान से ही आते थे। अब अपने ही देश में पैदा होने लगे हैं।"

"तो समस्या क्या है?" पुलिस वाला बोला, "आप आदेश करें। सबको ठिकाने लगा देते हैं।"

"पागल हो तुम।" नेता जी बोले, "वे रुष्ट हो जाएँगे। जिन्हें प्रसन्न करने के लिए अफजल को फाँसी पर नहीं टाँगा, अब उनको ही रुष्ट कर दें। चुनाव सिर पर हैं।"

"तो फिर कहिए, मेरे लिए क्या आदेश है?"

"हिन्दुओं में कोई टेररिस्ट ग्रुप ही पैदा नहीं हो रहा, कि हम हिन्दू-मुस्लिम आतंकवादियों को एक तराजू पर तौल दें। हिसाब बराबर हो जाएगा।" नेता जी पीड़ित थे, "सबके अपने टेररिस्ट ग्रुप हैं। एक हिन्दुओं का ही नहीं है।"

"तो हमको आज्ञा दीजिए, हम पैदा कर दें।" पुलिस वाला मुस्करा रहा था। "तुम कहाँ से पैदा कर दोगे?" नेता जी कुछ उखड़ गये।

"पुलिस की बहुत पुरानी थ्योरी है कि कोई बस न चले तो हत्या को आत्महत्या प्रमाणित कर दो।" वह बोला, "अब तो इसे राजनीतिज्ञों ने भी अंगीकार कर लिया है।"

"क्या कहना चाहते हो?"

"देखिए, गोदरा में लगभग साठ लोगों को जीवित जला कर मारा गया।"

"हाँ।"

"और लालू जी ने एक कमीशन बैठा कर प्रमाणित करवा दिया कि वे अपने चूल्हे की आग से जल कर मरे। हत्या को आत्महत्या में बदल दिया

न।'' वह हँसा, "अरे दिल्ली के जामिया नगर में आतंकवादियों के हाथों शहीद हुए पुलिस इंस्पेक्टर तक के विषय में फैला दिया कि वह अपने ही साथी की गोली से मारा गया। देखिए, हत्या को आत्महत्या बना दिया न। और किसने कहा, इमाम ने कह दिया। बड़े-बड़े राजनीतिक नेताओं ने उस एनकाउंटर को जाली बना दिया।... हम से तो ये ही लोग बढ़ गये।''

"मैं बात कर रहा था हिन्दू टेररिस्ट ग्रुप की और तुम न जाने कहाँ ले उड़े।''

"तो हम पकड़ लेते हैं न कुछ हिन्दू साधुओं को। कह देंगे कि सारी मस्जिदों और मजारों के आसपास हुए धमाके, उन्होंने ही किए हैं।''

"कह दोगे तो लोग मान जाएँगे? कोई प्रमाण भी है?'' नेता जी भड़के। "लालू जी के पास क्या प्रमाण था गोदरा के विषय में। कह दिया सो कह दिया। भाजपा वालों ने कहा कि अमरसिंह के आदमी ने उन्हें उत्कोच में लाखों रुपए दिए हैं ताकि वे विश्वास मत में मनमोहन सरकार के पक्ष में मतदान करें। संसद में लाकर नोटों की गड्डियाँ उछाल दीं। और एक मिनट नहीं लगाया हमारे लालू जी ने। कह दिया कि अपने घर से पैसे लाए हैं। झूठ बोल रहे हैं। उनका नारको टेस्ट होना चाहिए। उनके पास क्या प्रमाण था।'' वह रुका, "वैसे प्रमाण जुटाने में क्या कठिनाई है...''

"बन्दूक, पिस्तौल, आर.डी.एक्स., कोई विस्फोटक, कोई ए.के. 47 कुछ तो निकलना चाहिए न आरोपियों से?"

"आप जिसको कहिए, उसके पास से यह बरामद कर दें। उसके नाम से कागज भी बनवा दें।''

"नहीं। ढंग से बात होनी चाहिए।'' "जो होगा, ढंग से ही होगा। पुलिस ने शंकराचार्य को हत्या के आरोप में पकड़ लिया। पत्ता नहीं खड़का।''

वह बोला, "आज कल तो विस्फोटकों को साइकिलों से बाँध कर छोड़ दिया जाता है। कबाड़ी बाजार से कुछ पुरानी साइकिलें मोटरसाइकिलें खरीद लाते हैं, या इनमें से किसी के घर से ही उठवा लेते हैं और डाल देते हैं, विस्फोट हुए स्थानों पर। मैं जानता हूँ कि एक साध्वी ने अपनी मोटरसाइकिल बेची थी। उसे खोज लाते हैं, या फिर छीन लाते हैं। डाल देंगे, घटना स्थल पर और बाँध लेंगे उसको। फिर वह धुलाई करेंगे कि वह या तो अपना अपराध मान लेगी या आत्महत्या कर लेगी। किसी फौजी को पकड़ लेंगे कि बम उसने दिए थे।''

"फौजी को?''

"हाँ।''

"उसका प्रमाण?''

"उसका लैपटॉप पकड़ लेंगे कि उसने हिन्दू साइट्स को बार-बार देखा है।" वह फिर हँसा, "कुछ भी कठिन नहीं है। बस सिर पर आपका हाथ हो, कुछ भी कर सकते हैं हम।"

"पर इससे तो सारे हिन्दू संगठन उसके पक्ष में खड़े हो जाएँगे। हमारे विरुद्ध लामबद्ध हो जाएँगे।" नेता जी चिंतित थे। "कोई नहीं होता।" पुलिस वाला हँसा, "हम ये खबरें भी छपवा देंगे कि वे लोग संघ के नेताओं पर जोर डाल रहे थे कि वे हथियार उठाएँ, वे नहीं माने, तो ये उनको भी मार डालना चाहते थे। उनके घर के नक्शे वक्शे डाल देंगे, इनके सामान में। ये लोग आपस में ही कट मरेंगे। और हिन्दू तो आपस में लड़ने के लिए प्रसिद्ध हैं ही।"

"बात तो चोखी है तुम्हारी।

"तो फिर आरम्भ कर दें।"

"राम जी का नाम लेकर आरम्भ कर ही दो।" नेता जी बोले, "पर देखो मेरा नाम कहीं न आये, न मेरी पार्टी का।"

"उसकी तो आप चिन्ता ही न करें।" पुलिस वाला बोला, "कहिए जय श्रीराम।"

"जय श्रीराम।"

पुलिस वाला विदा हो गया।

कांग्रेस क्या है?

"आखिर तुम लोग चाहते क्या हो?" गुलाम नबी ने झल्ला कर पूछा।

"लो, ये अभी तक इतना भी नहीं समझे।" हुर्रियत ने मुस्करा कर कहा।

"हाँ! नहीं समझा।" गुलाम नबी ने कहा, "सारे हिन्दुओं को कश्मीर से निकाल तो दिया। दुनिया के किसी देश में कभी ऐसा हुआ भी है कि देश के बहुसंख्यक लोगों से कोई प्रदेश खाली करा लिया जाए? हमने तुम्हारी बात मान कर वह भी कर दिया।"

"हमने के माने?"

"कांग्रेस ने।"

"हमें कश्मीर चाहिए।" हुर्रियत बोली।

"मिल तो गया।"

"हमको इस्लामी कश्मीर चाहिए।" मुफ्ती ने कहा, "जैसा अफगानिस्तान है।"

"अब क्या फर्क रह गया?"

"फर्क नहीं है?" हुर्रियत ने गुर्रा कर पूछा, "कोई काफिर अफगानिस्तान में तीर्थयात्रा करने जाता है क्या?"

"जब वहाँ कोई तीर्थ है ही नहीं।"

"था न बामियाँ में। तोप के गोले से तोड़ दिया।" हुर्रियत ने कहा, "अमरनाथ गुफा को भी तोप के गोले से उड़ा दो।"

"फौज खड़ी है भारत की।" आजाद ने कहा, "तोप का गोला किसको उड़ाएगा, यह तुमको पता ही नहीं है।"

"तभी तो मैंने कहा था कि भारत की फौज को यहाँ से हटा लो।" मुफ्ती ने कहा, "पर तुम लोग मेरी तो सुनते नहीं हो।"

"सुन तो रहा हूँ। अफजल की फाँसी भी रुकवा दी। अब और क्या चाहिए तुम्हें?"

"फाँसी रुकवा दी। बहुत तीर मारा।" हुर्रियत ने फिर अपने दाँत भींचे,

"उसे छुड़ा कर श्रीनगर लाओ। और..."

"और क्या?"

"और काफिरों को कश्मीर की सरजमीन का टुकड़ा क्यों दिया?"

"अरे टुकड़ा दिया तो उसकी कीमत भी ली। और अब तो जमीन भी लौटा ली।" गुलाम नबी ने कहा, "भारत से लोग आएँगे तो कुछ खर्च कर के ही जाएँगे। आमदनी तो कश्मीरियों की ही होगी न। तुम अजमेर शरीफ नहीं जाते? और तो और भारत सरकार से पैसा लेकर हज तक कर आते हो। तुम्हारे लिए हज मंजिलें बनी हुई हैं। जहाजों के लिए अलग से हज टर्मिनल बने हुए हैं। हिन्दू उनको तोड़ दें तो?"

"हिम्मत हो तो तोड़ कर बताएँ।" महबूबा ने कहा, "उनमें इतनी हिम्मत ही नहीं है। मुसलमान जंगजू कौम है। हम जो चाहते हैं, लड़ कर लेते हैं। उनकी तरह डरपोक नहीं हैं।"

"डरपोक नहीं हैं वे। अमनपसन्द हैं।" आजाद ने कहा, "और इस वक्त तो वे धोखे में हैं कि दिल्ली में उनकी सरकार है।"

"इसमें धोखे की क्या बात है। दिल्ली में उनकी सरकार नहीं है?"

"दिल्ली से मैं आया हूँ कि तुम आये हो?" गुलाम नबी कुछ आजाद हो उठे, "सरकार है सोनिया मैडम की और वह हिन्दू नहीं है। उसी ने फौज के हाथ पैर बाँध कर रखे हुए है। नहीं तो इतनी फौज खड़ी होती और तुम हिन्दुओं को कश्मीर से निकाल देते। फौज हर्कत में आ जाए, तो तुम सब दो घंटों में या तो गोली खा कर कब्र में पड़े होगे, या जेल में होगे, या सरहद पार जा कर अपने आकाओं से फरियाद कर रहे होगे।"

"रहने दो।" हुर्रियत ने फिर तेवर दिखाए, "इतनी ही बहादुर फौज होती तो यूँ ही अपनी बन्दूकें अपनी कांख में दबाए न घूम रही होती। कुछ कर के दिखाती, जैसे हमारे जांबाज करते हैं।"

"ठीक कहते हो।" आजाद ने कहा, "जब-जब भारत की फौज को लड़ने का हुक्म मिला, उन्होंने तुम्हारे आकाओं की फौज को हर बार बिछा दिया।"

"वह बकवास हमको नहीं सुननी है।" महबूबा ने कहा।

"तो?"

"हमारी शर्त एक ही है।" हुर्रियत ने कहा, "कश्मीर हिन्दुओं के देवी-देवताओं और उनके निशानों से भी खाली होना चाहिए। उनको सूई की नोक के बराबर भी जमीन नहीं देंगे हम।"

"यही कहा था दुर्योधन ने और आखिर में अपने भाइयों के साथ मारा गया था।" आजाद ने कहा।

"तो तुम भी जाओ पांडवों के पास।" मुफ्ती ने कहा, "हम तुम्हारी सरकार में नहीं रहेंगे और देखते हैं कि हिन्दुओं की जमात यह कांग्रेस अब कैसे जीतती है।"

"बेवकूफ हो तुम। कांग्रेस कभी हिन्दुओं की जमात नहीं रही। हाँ, हिन्दू इस धोखे में जरूर रहे।" आजाद ने कहा, "और अब तो उसका नाम ही कांग्रेस है। वह मुस्लिम लीग का नया जन्म है और हिन्दुओं के लिए उससे भी कहीं ज्यादा खतरनाक है। देखना यही कांग्रेस हिंदोस्तान के टुकड़े करेगी और हिन्दू अपने आप से पूछते ही रह जाएँगे कि यह हो क्या गया?"

"ठीक है।" हुर्रियत ने कहा, "जब यह सब कर लोगे, तब हमारे पास आना। अभी तो तुम दिल्ली ही जाओ।"

(9.7.2008)

कौन चाहता है?

पत्रकार महोदय बहुत उत्तेजित थे। वे हाथ में माइक पकड़े हुए अन्धाधुन्ध बोले जा रहे थे। शब्दों पर विचार करने का उनके पास समय नहीं था। उनके मुख से अनियंत्रित शब्द ऐसे बह रहे थे, जैसे बाढ़ के कारण किसी बाँध का फाटक बह गया हो और पानी किसी भी प्रकार नियंत्रित न हो पा रहा हो।

"वर्षों से बी. जे. पी. के पास कोई मुद्दा नहीं था। अब बी. जे. पी. को मुद्दा मिल गया है। वे लोग इसका लाभ उठाने का प्रयत्न करेंगे। देश में साम्प्रदायिक सौहार्द नष्ट हो जाएगा। देश नष्ट भ्रष्ट हो जाएगा...।"

मैं आँखें फाड़ कर अपने टी. वी. के पर्दे को देखता रहा। कान लगाए हुए उनका यह बाढ़ जैसा भाषण सुनता रहा; किन्तु पता नहीं चल पाया कि आखिर हुआ क्या है। घटना क्या है? समाचार क्या है?...

उनके समाचार कक्ष में बैठी समाचार वाचिका भी मुसकरा कर उनसे पूछ रही थी कि इससे बी. जे. पी. को क्या लाभ होने जा रहा है?

मैं चौंका : कहीं कांग्रेस की सरकार गिर तो नहीं गयी? ये लोग इतने बदहवास क्यों हैं? ढंग से समाचार क्यों नहीं दे रहे? आखिर हुआ क्या है?

तभी फोन की घंटी बजी।

मैंने रिसीवर उठाया। मेरा बेटा अमरीका से बोल रहा था, "समाचार सुना?"

"सुन तो रहा हूँ। पर समझ में नहीं आ रहा कि हुआ क्या है।"

"रामजन्मभूमि मन्दिर पर आतंकवादी हमला हुआ है।" वह बोला, "टी. वी. में देख लीजिए।"

मैं फोन बन्द कर फिर से टी. वी. के सामने आ बैठा। वहाँ समाचार सम्पादक विश्व हिन्दू परिषद् के एक नेता से प्रश्न पूछ रहे थे, "वे जो आये थे, वे नफरत और घृणा का प्रचार करने आये थे। वे सुरक्षा बलों द्वारा मार गिराए गये। वे तो नफरत नहीं फैला सके..."

मैं चकित रह गया! मन हुआ कि किसी प्रकार पूछ सकूँ तो उनसे पूछूँ, "वे जीवित रहते तो ही नफरत का प्रसार होता? उनके शस्त्रास्त्र ले कर रामजन्मभूमि मन्दिर को उड़ा देने की योजना से, उनके भाव से, उनके प्रयत्न से, नफरत नहीं फैलती? वे मर गये तो सारे रामभक्त उनको मित्र मान कर उनसे प्रेम करने लगेंगे?

किन्तु समाचार सम्पादक पूछ रहे थे, "वे तो घृणा का प्रसार नहीं कर सके; किन्तु आप लोग जो देश में बन्द करवाने की बात कर रहे हैं, आप लोग तो घृणा का प्रसार करने के रास्ते पर चलते जा रहे हैं।..."

तात्पर्य यह था कि वे तो घृणा का प्रसार नहीं कर सके, आप घृणा का प्रसार कर रहे हैं...

जाने मुझे क्या हुआ कि अपनी कल्पना में, विश्व हिन्दू परिषद् के उस नेता के स्थान पर मैं जा बैठा और उस सम्पादक महान् से पूछा, "वे, जो गोला बारूद ले कर आये थे, वे हमारे जवानों पर गोलियाँ चलाते रहे, मन्दिर और राम लला के विग्रह को ध्वस्त करने का प्रयत्न करते रहे, तो घृणा का प्रसार नहीं हुआ, आप वर्षों से हिन्दुओं की भावनाओं का उपहास कर रहे हैं, उससे भी घृणा का प्रसार नहीं हुआ; किन्तु एक दिन बाजार बन्द करवा देने से घृणा का प्रसार हो जाएगा? धन्य हो तुम सम्पादक महान्। किस शान से अपने पर्दे पर बैठे हुए हिन्दुओं की कोमल भावनाओं को ठोकरें मार रहे हो और समझ रहे हो कि घृणा का विष नहीं, प्रेम का अमृत बरसा रहे हो। धन्य हो। धन्य हो।..."

"मार तो दिया उनको, अब तुम क्या चाहते हो?" वे ऐंठ कर बोले, जैसे उन आतंकवादियों को उन्होंने अपने माइक से मार गिराया हो।

"मार तो उनको भी दिया था, जो अक्षरधाम में घुसे थे; किन्तु उन्होंने हमारे कमांडो मार दिए। मन्दिर में दर्शन करने आये तीस हिन्दुओं की हत्या की, एक सौ से अधिक हिन्दुओं को घायल कर दिया। रघुनाथ मन्दिर में कितने लोग मरे। अमरनाथ यात्रा में कितने शहीद हुए। कुछ न करते हुए भी जम्मू कश्मीर में कितने हिन्दू मारे गये और शेष घाटी छोड़ कर दिल्ली के फुटपाथों पर आ गये। तुम कभी उन बारूदियों से पूछने तो नहीं गये कि वे यह सब प्रेम का अमृत पिलाने के लिए कर रहे हैं क्या? दुकानें बन्द करने का आह्वान करने वाली संस्था के नेता को घृणा फैलाने का दोषी ठहरा रहे हो।"

"तो तुम घृणा फैलाना किस को कहोगे?" सम्पादक महोदय मेरी ओर मुड़ गये।

"जो कुछ तुम कर रहे हो, उसको।" मैंने कहा, "हिन्दू मारे जाते हैं। उनकी श्रद्धा के प्रतीकों को नष्ट किया जाता है अथवा नष्ट करने का प्रयत्न किया जाता है; और तुम्हारे मुख से एक शब्द उनके विरोध में नहीं निकलता। तुम पलट कर हिन्दुओं को ही दोषी ठहराने लगते हो। हमें यह कहने का भी अधिकार नहीं है कि हमारे साथ अत्याचार हो रहा है। अत्याचारियों को दंड देने की माँग भी नहीं कर सकते हम? घृणा फैलाने का दोषी तुम हमें तब ठहराओ, जब हिन्दुओं के आतंकवादी गुट बने हों। इस देश में मसजिदों पर आक्रमण हुए हों। आक्रमण करने के प्रयत्न हुए हों। किसी प्रदेश को मुसलमानों से खाली करा लिया गया हो।..."

"तो यह सब करना चाहते हो तुम?" उन्होंने मुझे आँखें दिखाईं।

"मैं नहीं, तुम चाहते हो यह सब।" मैंने कहा, "जिस प्रकार तुम लोग अत्याचार के पक्षधर होकर पीड़ितों को ठोकरें लगा रहे हो, उससे ही वे लोग उठेंगे, जो तुम्हारे स्टूडियो को उड़ाने के लिए इसी प्रकार गोला बारूद लेकर आयेँगे। तब ही तुम हमारी भावनाओं का सम्मान करना सीखोगे।"

(7.7.2005)

जाँच आयोग

रामलुभाया बहुत व्यस्त था। मैं उसके सामने बैठा था और वह अपना सिर ही नहीं उठा रहा था। अन्त में तंग आकर मैंने पूछ ही लिया, ''तुमको मुझसे बात करने का समय मिलेगा या नहीं?''

''अगले छह महीनों में तो कोई सम्भावना नहीं है।''

मैं आकाश से गिर पड़ा। मार्ग में खजूर पर भी नहीं अटका, सीधे उसके सामने वाली कुर्सी पर ही ध्वस्त हो गया।

''ऐसा क्या है रामलुभाया?'' मैंने पूछा।

''व्यस्त हूँ।''

''पर किस काम में?''

''एक खोजी आयोग की स्थापना कर रहा हूँ।''

''पर आयोग तो सरकार बनाती है।''

''आजकल प्राइवेट भी बनते हैं। लालू ने अपना बनाया न—बैनर्जी कमीशन।''

''तो तुम क्या कर रहे हो?''

''कहा न कमीशन बना रहा हूँ।''

''तो बनाओ।'' मैं मुस्कराया, ''किन्तु हाँ कागज़ों में सिर गड़ाए क्या बैठे हो?''

''वह रिपोर्ट लिख रहा हूँ, जो वह कमीशन अपनी जाँच के पश्चात् प्रस्तुत करेगा।''

''आयोग जाँच करेगा और तब जो निष्कर्ष निकलेंगे, उसकी रपट लिखी जाएगी...''

''तुम जाने किस युग में रहते हो।'' उसने मेरी बात काट दी, ''आज कल पहले रपट लिखी जाती है और फिर उसे प्रस्तुत करने के लिए आयोग बनाया जाता है। किसी अवकाशप्राप्त न्यायमूर्ति को पटाया जाता है। उसको उसकी मुँह माँगी राशि देनी पड़ती है। तब वह जाँच का नाटक कर अपनी अवधि पूरी होने से पहले ही रपट प्रस्तुत कर देता है।''

"यह कैसा आयोग और यह कैसी जाँच है?" मैं चकित रह गया।

"यह नया आयोग शास्त्र और नया जाँच विधान है। तुम ठहरे पुराने पोंगापन्थी व्यक्ति। तुम क्या जानो यह सब।"

"अच्छा। अच्छा। यह आयोग किसकी जाँच करेगा? भारत में घुस आये बंगलादेशियों की।"

"पागल हो तुम। रामलुभाया ऐसे टुच्चे पुच्चे कामों में हाथ नहीं डालता।"

"तो।"

"यह जाँच आयोग अमरीका में विश्व व्यापार केन्द्र से जा टकराने वाले विमानों की घटना की जाँच करेगा।"

"पर उसकी तो जाँच हो चुकी। मामला स्पष्ट हो चुका। दोषी पहचाने जा चुके।"

"उन्हीं को तो छुड़ाना है।" वह बोला।

"कैसे छुड़ाओगे?"

"यह आयोग अपनी जाँच के पश्चात् इस निष्कर्ष पर पहुँचेगा कि अमरीकियों ने कुछ मुसलमानों को पकड़ लिया था। वे उन्हें मारना भी चाहते थे और उन्हें लांछित कर स्वयं को इस अपराध से मुक्त भी रखना चाहते थे।"

"तो?"

"तो उन अमरीकियों ने उन निर्दोष मुसलमानों को बाँध कर अपने विमानों में जा पटका और अपने विमानों को विश्व व्यापार केन्द्र की इमारतों से जा भिड़ाया। परिणाम यह हुआ कि वे मुसलमान मारे गये और इस घटना का दोष भी उन पर ही मढ़ दिया गया।"

"पर तुम जानते हो कि यह झूठ है। उसमें असंख्य अमरीकी मरे।"

"जानता हूँ किन्तु इस सत्य को झूठ प्रमाणित करना चाहता हूँ और अपने झूठ को सत्य प्रमाणित करना चाहता हूँ।"

"क्यों?"

"क्योंकि यही संसार है।"

"पर उससे तुमको क्या लाभ होगा?"

"उस संदर्भ में पकड़े गये मुसलमानों को छुड़वाना है?"

"क्यों?"

"ताकि वे और विनाश फैला सकें?"

"तुमको लाभ क्या होगा?"

"अगले चुनाव में भारत के मुसलमानों के वोट अपनी जेब में होंगे।" रामलुभाया हँसा, "और धन की तो वर्षा होगी ही।"

“रामलुभाया! तुमको ऐसे कामों के लिए धन कौन उपलब्ध कराता है?”

रामलुभाया जोर से हँसा, “बूझ सको तो बूझ लो।”

“यह सब मानव हित में नहीं है।”

“उसकी चिन्ता किसे है। अपनी चिन्ता करो।”

“और उन बंदियों को छुड़ाने की माँग का साहस कौन करेगा?”

“इतने सारे वामपन्थी तथाकथित चिन्तक विचारक, मानवाधिकारवादी, सेकूलर स्वयंसेवक किसलिए पाल रखे हैं?” रामलुभाया ने कहा, “वे ऐसे ही तो काम करते हैं। देश और मानवता का विध्वंस उनका पहला धर्म है। वे अपने धर्म का पालन करेंगे।”

“और कौन न्यायमूर्ति ऐसी जाँच रपट देगा?”

“इस देश में बहुत सारे हैं।” वह हँसा, “कोई न कोई बैनर्जी-चैटर्जी, घोष बोस मिल ही जाएगा।”

“ऐसा सम्भव ही नहीं है?” मैंने तड़प कर कहा।

“क्यों लालू ने कर नहीं दिखाया?” उसने मुझे डाँट दिया।

(1.2.2005)

नये वर्ष की बधाई

"क्यों बे, लड़कियाँ छेड़ने आया था होटल में?" सिपाही ने उसे गले से पकड़ कर धक्का दिया।

वह तो वैसे ही लड़खड़ा रहा था। इस धक्के से थाने के फर्श पर गिर पड़ा। फिर भी बचाव हो गया। उसका सिर मेज से छू तो गया; किन्तु उसे टकराना नहीं कह सकते। टकराता तो सिर फटता और रक्त प्रकट होता। वह सब नहीं हुआ था। उसकी चेतना कुछ-कुछ लौटी। स्मरण हो आया कि वह होटल में बैठा शराब पी रहा था। किन्तु अब वह होटल में नहीं था। थाने में था। होटल के बैरे किसी और शैली में बात करते हैं और पुलिस का यह सिपाही, अपने ही ढंग से व्यवहार कर रहा था।

"नहीं! नहीं! मैं तो वहाँ शराब पीने गया था।" उसने बड़ी शालीनता से कहा।

इस बार थानेदार स्वयं उठ कर आ गया, "कबूल कर रहा है कि तू शराब पीने गया था?"

"हाँ।"

"जानता नहीं शराब पीना अपराध है। महात्मा गाँधी ने कहा है कि वह शरीर और आत्मा – दोनों को नष्ट करती है।" थानेदार बोला।

"कहा होगा।" वह बोला, "शराब पीना सचमुच अपराध है क्या?"

"हाँ!"

"तो सरकार ने ही तो होटल को यह अपराध करने का लाइसेंस दिया था।"

"जबान लड़ाता है।"

"नहीं। माँ कसम सच बोल रहा हूँ।"

इससे पहले कि थानेदार उसको पीटता, सिपाही बीच में आ गया, "जनाब, वह होटल लाइसेंस वाला ही था। ठीक कह रहा है यह।"

"यह साली सरकार भी एक ओर लाइसेंस बाँटती है, दूसरी तरफ शराबियों को पकड़ने के लिए हमारी ड्यूटी लगा देती है।"

"हुजूर आप सरकारी नौकर होकर सरकार की..."

"तो तू शराब पीने गया था। क्यों नया साल मनाने की खुजली उठी थी?" थानेदार ने बात बदल ली।

"नहीं! मैं तो अपना दुख भुलाने गया था।"

"अच्छा तो तू दुख भुलाने गया था। क्या दुख है बे तुझे, जो तू भुलाने के लिए होटल में जा पहुँचा, दुनिया तो साली नये साल का जश्न मना रही थी। संसार का एक तू अकेला ही दुखी जीव था, वहाँ।"

उसने कोई उत्तर नहीं दिया। थानेदार की ओर देखता रहा।

"क्या दुख है तुझे?" थानेदार ने पुचकारा, "बोल तो। शायद हम तेरा दुख बाँट लें।"

"तुम नहीं बाँट सकते।"

"क्यों हम आदमी नहीं हैं?"

"नहीं।" वह बोला।

"अच्छा तो तेरी दृष्टि में हम आदमी ही नहीं हैं।" थानेदार का पारा चढ़ने लगा था।

"नहीं तुम पुलिस हो।"

"और तेरा कौन सा दुख है, जो पुलिस नहीं बाँट सकती। हम तो लोगों की प्रेमिकाएँ भी बाँट लेते हैं।"

"मेरे मन को निठारी के बच्चों और उनके माता-पिता का दुख खाए जा रहा है।" वह रो पड़ा।

"हमें उन बच्चों का दुख नहीं है?" थानेदार उसे घूर रहा था।

"नहीं। क्योंकि तुमने ही तो उन बच्चों को खाया है।" वह बोला, "तुम्हें दुख होता तो तुम उन्हें खाते ही क्यों?"

"हमने खाया है उन बच्चों को? क्यों हमको मुर्गा नहीं मिलता क्या?" थानेदार ने रुष्ट हो कर उसे धमकाया।

"और क्या। दो वर्ष हो गये बच्चों को गुम होते और तुम लोगों ने एक बार भी पूछ-पड़ताल नहीं की। वह मनेन्द्र सिंह उन बच्चियों के साथ बलात्कार कर उनकी हत्याएँ करता रहा और तुम लोगों ने सुध ही नहीं ली। पता नहीं तीस लड़कियाँ थीं या तीन सौ। अभी तो उनके कंकाल मिलते ही जा रहे हैं। सच बताना कितने पैसे देता था।"

"पैसे कहाँ देता था। कंजूस था साला।" थानेदार ने कहा, "पर हमें तो वह लड़कियाँ..."

थानेदार चौंका और तत्काल क्रुद्ध हो गया, "साले, होटल में शराब पी कर

लड़कियाँ छेड़ता है और हमें बदनाम करता है। बता, लड़की को क्यों छेड़ा। होटल में तो हम भी लड़की को नहीं छेड़ते।"

"नहीं। मैंने किसी लड़की को नहीं छेड़ा।"

"तो यह सिपाही झूठ बोलता है?"

"इसको मालूम नहीं है। बहुत भोला है बेचारा।" वह बोला, "वह बेचारी बच्ची शराबियों की उस वहशी भीड़ में अपने कपड़े उतार कर, कूद-फाँद कर रही थी। मैंने सोचा कहीं बेचारी के साथ कोई अनहोनी न हो जाए। जाने वहाँ कितने मनेन्द्र सिंह थे।...मैं तो उसे कपड़े पहनाने की कोशिश कर रहा था।"

थानेदार ने सिपाही की ओर देखा।

"नहीं साहब, वह दस हजार वाली विदेशी थी और यह बिना पैसे की बात किए उसे खींच रहा था।" सिपाही बोला, "यह होश में नहीं था।"

"यह कुछ नहीं जानता।" वह चिल्लाया, "मैं एक लड़की को निठारी के राक्षसों से बचाने का प्रयत्न कर रहा था और यह मुझे घसीट कर थाने में ले आया। जाने उस बेचारी बच्ची के साथ क्या हुआ होगा।"

थानेदार ने उसे खींच कर एक चाँटा मारा, "तेरे जैसे लोग ही भले आदमियों को नया साल मनाने नहीं देते। सरकार कह रही है, नया साल मनाओ। वे हजारों मील दूर से पैसे कमाने आयी थीं और तू उनको न नया साल मनाने देता है, न पैसे कमाने देता है। न तू सरकार को धन्धा करने देता है, न उन लड़कियों को। बन्द कर दो साले को हवालात में। ये ही लोग देश को आगे नहीं बढ़ने देते।"

थानेदार का देशप्रेम बहुत ऊँचे स्वर में गूँजता रहा और निठारी से चीत्कार उठते रहे।

(1.1.2007)

फसल

"मैं सोचता हूँ।" रामलुभाया ने कहा, "नौकरी छोड़ूँ और एक एन. जी. ओ. बना डालूँ। नौकरियों में अब कुछ नहीं रखा।"

"वह क्या होता है?" मैंने पूछा।

"नहीं जानते?" वह हँसा, "मुझे पहले ही सन्देह था कि तुम नहीं जानते होगे। नॉन गवर्नमेंटल ऑर्गनाइज़ेशन। गैर-सरकारी संगठन। सबसे बढ़िया धन्धा। पैसा बनाने की टकसाल।"

"तुम सरकार तो हो नहीं।" मैं हँसा, "जो भी बनाओगे, वह गैर-सरकारी ही होगा।"

"मूर्ख हो तुम।" वह बोला, "एन. जी. ओ. का अर्थ है– वह संगठन, जो विदेशों से पैसा ले। उनके संकेतों पर देश को नष्ट करने के काम करे। देशद्रोही राजनीतिक दलों से पैसा ले। आपराधिक गतिविधियाँ चलाए और स्वयं को मानवाधिकारों का संरक्षक घोषित करे।"

मुझे उसकी बातों में रस आने लगा था।

"संगठन बना कर क्या करोगे?" मैंने पूछा, "मेरा तात्पर्य है कि कैसी गतिविधियाँ...।"

"इस समय तो सबसे सरल मार्ग है, बीच से बात आरम्भ करें...।"

"क्या मतलब?"

"अरे लोग अब मानते हैं कि गंगा प्रयाग से आरम्भ होती है, जब यमुना उससे आ मिलती है। गंगोतरी से लेकर प्रयाग तक की गंगा को गंगा मानो ही मत। उसे मानचित्र में दिखाओ ही मत।"

"तुम पगला गये हो रामलुभाया! मैंने कहा, "ऐसा भी कहीं होता है?"

"ऐसा ही हो रहा है मेरे मित्र!" उसने कहा, "भारत का इतिहास कब से आरम्भ हुआ? किसी राष्ट्रद्रोही इतिहासकार से पूछ लो, वह यही कहेगा– जब तुर्कों ने आक्रमण किया। यह गंगा-जमुनी संस्कृति है।"

"और उसके पहले का भारत?"

"उसका नाम मत लो। वह था ही नहीं।"

"पर बात तो तुम्हारी संस्था की थी।"

"हाँ तो गोदरा को भुला दो। बात आरम्भ करो गुजरात के दंगों से।"

मैं उसकी ओर देखता रह गया।

"एक लड़की का अपहरण करो।..."

"क्यों?"

"बीच में प्रश्न मत करो।" उसने मुझे डाँट दिया।

"अच्छा।"

"उससे न्यायालय में एक वक्तव्य दिलवाओ कि उसका मकान जला दिया गया है, उसके सम्बन्धी जला दिए गये हैं; और वह दंगइयों को पहचानती है।..."

"सम्बन्धियों का नाम पता?"

"कुछ भी लिखवा दो। वे तो जल ही चुके हैं।"

"पर लड़की ऐसा वक्तव्य क्यों देगी?"

"नहीं देगी, तो उसे जान से मारने की धमकी दो।"

"तो क्या उन काल्पनिक सम्बन्धियों के मरने की क्षतिपूर्ति के रूप में न्यायालय से पैसा वसूल करोगे?"

"न्यायालय से क्यों? ऐसे कामों के लिए वैसे ही अमरीका से पैसा आ जाता है।"

"कहाँ आता है?" मैंने कहा, "कश्मीर के हिन्दुओं की सहायता के लिए कौन आया?"

"तुम साले कम्यूनल हो एकदम।" उसने मुझे डाँटा, "लड़की मुसलमान होनी चाहिए। उसके सम्बन्धी मुसलमान होने चाहिए। तब मामला सेकूलर बनता है। तब मानवाधिकार का मामला बनता है।"

"पर हिन्दुओं के जलने, मरने, लूटे जाने, घर से निकाले जाने का मामला मानवाधिकार का मामला क्यों नहीं बनता?" मैंने झल्लाकर कहा।

"वे मानव कहाँ हैं? वे तो भेड़-बकरियाँ हैं। उन्हें केरल में मार लो। बिहार में मार लो। उड़ीसा में मार लो। यहाँ तक कि छत्तीसगढ़ में भी मार लो। कश्मीर में से तो उन्हें समाप्त ही कर दो। ये मामले कम्यूनल हैं। इसीलिए उनकी चर्चा नहीं होती। उनके मुकदमे नहीं चलते। उनके लिए आयोग गठित नहीं किए जाते। यदि गोधरा जैसे किसी मामले के लिए आयोग गठित हो ही जाए, तो उससे पहले एक नकली आयोग बना कर उसकी मनगढ़ंत रपट पहले प्रकाशित कर दी जाती है।" रामलुभाया बोला, "वैसे भेड-बकरियों के विषय में भी यह सुनवाई हो सकती है कि उन्हें कहाँ काटा जाए, कहाँ काटा न जाए,

किन्तु हिन्दुओं के विषय में ऐसी सुनवाई नहीं हो सकती।... तो बन्धु! मामला जरा सेकूलर बनाओ। अमरीका भी तभी सहायता देता है।"

"हाँ! सुना है कि आजकल अमरीका बहुत सेकूलर हो गया है।" मैंने कहा, "क्रिसमस ट्री को भी वहाँ हॉलीडे ट्री कहा जाने लगा है।"

"हाँ! हाँ! संसार में दो ही तो सेकूलर देश हैं– एक अमरीका, दूसरा पाकिस्तान। दोनों मित्रता का अद्‌भुत उदाहरण हैं।" रामलुभाया बोला, "पाकिस्तान से अधिक सेकूलर और कौन होगा, जिसका निर्माण ही हिन्दुओं की हत्याओं और निष्कासन पर हुआ; और जहाँ आज आतंकवादियों के निर्माण के सैकड़ों कारखाने हैं। संसार में जहाँ कहीं भी आतंकवाद है, उसके तार पाकिस्तान से जुड़ते हैं और पाकिस्तान अमरीका की गोद में बैठा हुआ है।"

"उसे छोड़ो।" मैंने कहा, "बात तो उस लड़की के वक्तव्य की थी।"

"बात उस लड़की के वक्तव्य की नहीं," उसने पुनः मुझे चुप करा दिया, "बात तो उन विदेशी शक्तियों और राष्ट्रद्रोही पार्टियों की है, जो तन, मन, धन से इस देश में देशद्रोहियों की फसल उगाने पर लगे हुए हैं; या फिर उन वकीलों और न्यायाधीशों की है, जो उस फसल को खाद पानी देने में व्यस्त हैं।"

(31.3.2005)

रामलुभाया का पासपोर्ट

रामलुभाया को अमरीका से बुलावा आया था। वहाँ विश्व हिन्दू परिषद ने एक आयोजन किया था और वे चाहते थे कि रामलुभाया भी वहाँ अपने विचार रखे। वह परम प्रसन्न था कि उसे अमरीका जाने का अवसर मिल रहा है, जो अनेक भारतीयों का स्वप्न है। और फिर निमंत्रण भी ऐसा कि उसमें उसका एक पैसा भी खर्च नहीं होना था। आने-जाने का किराया परिषद् ही दे रही थी।

उसकी प्रसन्नता बोधराज से सही नहीं गयी। चिढ़ कर बोला, "बहुत उछलो मत। टिकट तो वे दे देंगे किन्तु वीजा तो अमरीकी दूतावास ही देगा न। क्या पता दे या न दे। नहीं देगा तो तुम टिकट पर शहद लगा कर उसे चाटना। विमान में तो बैठ नहीं सकोगे।"

रामलुभाया का दिल दहल गया। बोधराज ठीक ही तो कह रहा था। यदि वीजा न मिला तो? तो उसे सबसे पहले वीजा ले लेना चाहिए।

वह अगले ही दिन अमरीकी दूतावास जा पहुँचा। अभी पूरा उजाला भी नहीं हुआ था और वहाँ लोगों की एक लम्बी पंक्ति लग गयी थी। शायद वे रात भर सोए नहीं थे, या फिर वे यहीं, इसी पंक्ति में ही सोए थे। वह भी पंक्ति में खड़ा हो गया। बारी देर से आनी थी, पर आनी तो थी। आ गयी। वह खिड़की पर पहुँचा तो वहाँ बैठे व्यक्ति ने उसका पासपोर्ट अच्छी तरह उल्टा पल्टा। फिर बोला, "नाम?"

"रामलुभाया।"

"राष्ट्रीयता?"

"भारतीय।"

वह हँसा, "यह राष्ट्रीयता हमारी सूची में नहीं है।"

"तुम्हारी सूची में नहीं है, तो मैं क्या करूँ।" रामलुभाया खीज कर बोला, "मैं भारत का रहने वाला हूँ, तो भारतीय ही हूँ न।"

उस व्यक्ति ने फिर से अपनी सूची खँगाली, "हमारी सूची में भारत नहीं है, इंडिया है।"

"वही वही।" रामलुभाया बोला, "हम उसी को भारत कहते हैं।"

"भविष्य में इंडिया कहना।" वह बोला, "भारत को कोई नहीं जानता।"

"अच्छा।"

"अब नेशनेलिटी बताओ।"

"भारतीय सॉरी इंडियन।"

"इंडियन कोई नेशनेलिटी नहीं है।" वह व्यक्ति बोला।

"राष्ट्र है और राष्ट्रीयता नहीं है।" रामलुभाया हँसा।

"हँसो मत।" वह व्यक्ति बोला, "देश है, पर उसकी राष्ट्रीयता नहीं है।"

"तो मेरी राष्ट्रीयता क्या होगी?"

"तुम बताओ।" वह व्यक्ति बोला, "वैश्य हो, ब्राह्मण हो, जाट हो, यादव हो, राजपूत हो, गूजर हो, मीणा हो, दलित हो, अगड़े हो, पिछड़े हो। क्या हो?"

"ये सब हमारी जातियाँ हैं, राष्ट्रीयता नहीं।" रामलुभाया कुछ तमतमाया हुआ था।

इस बार वह व्यक्ति हँस पड़ा, "अच्छा तो ये सब जातियाँ हैं।"

"तुम्हें सन्देह है कोई?"

"हमारी सूची में तो ये सब तुम्हारी राष्ट्रीयताएँ ही हैं।"

"क्यों?"

"राष्ट्र होता है इकट्ठे होने से। और तुम लोग भारतीय के नाम पर तो कभी इकट्ठे हुए नहीं। जितने भी सम्मेलन होते हैं, वे भारतीय के नाम पर नहीं होते। सब के सब अगड़े-पिछड़े के नाम पर ही होते हैं। तो तुम्हारी राष्ट्रीयता, भारतीय कैसे हो सकती है?"

रामलुभाया को इस विवाद में नहीं पड़ना था। उसे तो वीजा चाहिए था। तत्काल सहमत हो गया, "आप ठीक कह रहे हैं। हम लोग हैं ही ऐसे। तो अब आप मेरी राष्ट्रीयता क्या मानेंगे?"

"जो बोलो, मान लें – अगड़े, पिछड़े, दलित, अनुसूचित, गुर्जर, ठाकुर, जाट, मीणा... कुछ भी कह दो, मैं मान लूँगा।"

"तो लिखो। मैं चारण हूँ।"

उस व्यक्ति ने कागज पर लिखा – "राष्ट्रीयता : चारण।"

"अब दो वीजा।" रामलुभाया ने हाथ बढ़ा दिया।

वह व्यक्ति हँसा, “तुम्हारी राष्ट्रीयता तो निश्चित हो गयी। किन्तु तुम्हारा पासपोर्ट कहाँ है?''

“यह दिया न।''

“यह इंडियन पासपोर्ट है।'' वह बोला, ''तुम्हारी राष्ट्रीयता चारण है, अब चारण पासपोर्ट लाओ।''

“वह कहाँ से मिलेगा?'' रामलुभाया सकपका गया, ''इस नाम का तो कोई देश ही नहीं है।''

“तो मैं क्या करूँ।'' वह व्यक्ति बोला, “अपने देश और राष्ट्रीयता को ठीक करो। तब आना वीजा के लिए। अच्छा अब हटो खिड़की से। दूसरे व्यक्ति को आने दो।''

पीछे वाले ने धक्का मार कर रामलुभाया को खिड़की से हटा दिया।

संविधान की पूजा

वे लाठियाँ-डंडे ही नहीं, गड़ासे और बन्दूकें भी लिये बैठे थे। पास ही कुछ पुराने टायर रखे हुए थे। निकट ही बसें और ट्रक धूँ धूँ कर जल रहे थे।

"यह क्या कर रहे हो तुम लोग?" मैंने कुछ चकित होकर पूछा।

बहुत सम्भावना थी कि वे कहते कि जो उनका मन कह रहा है, वे कर रहे हैं, मैं कौन होता हूँ, पूछने वाला? किन्तु वे कुछ शालीन लोग थे। तनिक भी अभद्र हुए बिना बोले, "अपने देश के संविधान की पूजा कर रहे हैं। आपकी श्रद्धा हो तो आप भी सम्मिलित हो जाइए।"

"पूजा तो चन्दन और फूलों से होती है। फल और मिठाई से होती है।" मैंने कहा, "और तुम लोग लाठी-सोटे ही नहीं तीर तलवार भी लिए बैठे हो। बसें भी फूँक रहे हो। यह कैसी पूजा है?"

"संविधान की पूजा ऐसे ही होती है गुरु जी।" एक बोला, "कोई विरोध करेगा तो उसका सिर काट कर संविधान की बलिवेदी पर चढ़ा देंगे।"

"मैं कुछ समझा नहीं।" मैंने कहा।

"तुम्हारी पीढ़ी समझ गयी होती तो यह परिस्थिति ही न आती।" एक ने कहा।

"पर यह हो क्या रहा है?" मैंने कहा, "उपद्रव क्यों कर रहे हो?"

"उपद्रव कौन कर रहा है। हम तो उत्सव मना रहे हैं।"

"किस बात का उत्सव?"

"समय तो बहुत लग गया, साठ वर्ष; किन्तु नेताओं की इच्छा पूरी हो गयी है।"

"कैसी इच्छा भाई?"

"संविधान ऐसा बनाया कि न हम हिन्दू रहें, न भारतीय। हमारा समाज बंट जाए—धर्मों में, जातियों में, उपजातियों में, सम्प्रदायों में।"

"ऐसा चाहा था उन्होंने?" मैंने चकित होकर पूछा।

"नहीं तो जातियों और कबीलों और समाजों की सूचियाँ हमने बनाई थीं?

अल्पसंख्यक और बहु-संख्यकों के पृथक् मन्त्रालय, शिक्षालय, और भाषालय हमने बनाए थे क्या? सुविधाएँ देने और छीनने का प्रपंच हमने रचा था क्या? भेद क्यों रचा उन्होंने? मंडल और सच्चर कमीशन क्यों बनाए थे?'' एक बोला, “देश की एकता को आग लगाने के लिए ही तो।''

दूसरा कुछ अधिक उग्र था। वह आगे बढ़ आया, “उनकी इच्छा पूरी हुई है। हम देश के लिए चाहे न लड़ें; किन्तु आरक्षण के लिए लड़ेंगे। हो गया उनका सपना पूरा। लड़ रहे हैं। सड़क की एक ओर गुर्जर हैं, दूसरी ओर मीणा। काट रहे हैं, एक दूसरे को। अभी राजपूत भी जागेंगे, यादव भी, जाट भी। पिछड़े हुए भी, दलित भी अतिदलित भी और सर्वाधिक दलित भी। यही तो चाहते थे, हमारे संविधान निर्माता। सूचियाँ बना-बना कर दे गये, कि कोई भूल न सके कि उसे न भारतीय रहना है, न हिन्दू। उसे तो अपनी जाति के नाम पर जीना और मरना है। लड्डू बाँट रहे होंगे, विश्वनाथ प्रताप सिंह। अर्जुनसिंह के यहाँ दीपावली हो रही होगी। देखा, कैसी आग लगाई। मंडल लागू किया था, तब भी इतने नहीं मरे थे। इस बार तो चमत्कार ही है। कुछ और उकसा दो न। शेष लोग भी तो लड़ें। पूरा मजा तो तभी आएगा।''

“अरे भई! वे सूचियाँ तो इसलिए बनाई थीं कि पिछड़ी जातियाँ आगे बढ़ें। उनका शोषण न हो। समाज का विकास हो। देश उन्नत हो।'' मैंने कहा, “और तुम अपने शुभचिन्तकों की ही निन्दा कर रहे हो।''

“हमारा विकास भारतीयों के रूप में भी हो सकता था। हिन्दुओं के रूप में भी हो सकता था। हमें गुर्जर बनाए रख कर ही हमारा विकास करना जरूरी था क्या? बन जाएँ हम वैज्ञानिक और अभियंता किन्तु रहें गुर्जर के गुर्जर। किसी समाज का समग्र रूप से विकास नहीं हो सकता क्या? उन्हें बाँट कर, एक दूसरे का शत्रु बना कर ही विकास होता है क्या?'' उसने मेरी ओर देखा, “क्या हम सब के लिए रोटी का प्रबन्ध नहीं हो सकता। एक की छीन कर दूसरे को देने की परम्परा तो देशहित में नहीं हो सकती। एक को लोभ देकर और दूसरे को भयभीत कर, शासकों की रोटी चलती है, देश की नहीं।''

“उन्होंने तो यही समझा था कि तुम बँट जाओगे, एक-दूसरे से स्कूल-कालेज की सीटें और नौकरियाँ छीनोगे तो तुम्हारा समाज आगे बढ़ेगा।''

“आप तो कुछ पढ़े-लिखे और समझदार लगते हैं।'' उसने कुछ सद्भाव से मेरी ओर देखा, “आप ही बताइए, समाज संगठित होकर आगे बढ़ता है, या खंडित-विखंडित होकर।''

“संगठन से ही हम आगे बढ़ सकते हैं।'' मैंने कहा।

"पहले हम जानते थे कि हमारा शत्रु देश की सीमा के बाहर रहता है।" वह बोला, "हमारे नेताओं ने ऐसा संविधान बनाया कि अब हमें समझ में आने लगा है, कि हमारे पड़ोस में रहने वाला मीणा मेरा शत्रु है। वह समझता है, मैं उसका शत्रु हूँ, क्योंकि मैं गुर्जर हूँ। तो फिर जाट, यादव, राजपूत, बनिए और ब्राह्मण भी हमारे शत्रु ही हुए न। इस राष्ट्रीय एकता की बलिहारी। हम राम-सेतु के लिए नहीं लड़ेंगे, आरक्षण के लिए लड़ेंगे। योग्य होने के लिए पसीना नहीं बहाएँगे, कोटे के लिए दूसरे का रक्त बहाएँगे।"

"यदि तुम इतना कुछ समझते हो तो तुम यहाँ इन लोगों के साथ बैठे दंगा क्यों कर रहे हो?"

"मेरे समझने से क्या होता है।" वह उदास हो गया, "मेरे देश के वे गिद्ध भी तो इस बात को समझें, जो सत्ता प्राप्त होते ही देश को मरी हुई लोथ समझ कर उसे नोचने लगते हैं।"

"सत्ता तो तुम हो मेरे प्यारे।" मैं बोला, "वे सत्ताकर्मी तो तुम्हारी ही रेवड़ियाँ छीन कर उन्हें बाँटने की प्रक्रिया में तुम्हें लड़ा रहे हैं। और तुम्हारे शुभचिन्तक भी बने बैठे हैं।"

"इन्हें लोगों को आपस में लड़ाए बिना चैन क्यों नहीं आता?" उसने मुझसे पूछा।

"गिद्धों को नोचने के लिए लोथों की आवश्यकता होती है, उन्हें जीवित व्यक्ति रास नहीं आते।"

(3.6.2007)

एक और लाल तिकोन

मैं कुछ लोगों के बहकावे में आ गया था और अपने पैरों पर कुल्हाड़ी मार बैठा था। अब मैं अंग्रेजी का विरोध नहीं करता। हमारे आराम और सुख-सुविधा के लिए अंग्रेजी बहुत जरूरी है। देश की व्यवस्था को बनाये रखने के लिए भी अंग्रेजी को बनाये रखना आवश्यक है।

एक खाते-पीते किसान का लड़का अपने गाँव के स्कूल में पढ़ता था। वह हर परीक्षा में अपनी कक्षा में प्रथम आता था। पर छठी में अंग्रेजी लगी और वह उसमें फेल हो गया। फेल होने की लज्जा से वह घर से भागकर दिल्ली आ गया और आजकल मेरे घर में बर्तन माँजने और झाड़ू देने के काम पर नियुक्त है।

अंग्रेजी उच्च शिक्षा का माध्यम है और उच्च शिक्षा का केन्द्र दिल्ली है। वह लड़का दिल्ली पहुँच गया है, तो उच्च शिक्षा भी प्राप्त कर ही लेगा। मैं अंग्रेजी को धन्यवाद देता हूँ कि उसने मेरी सुख-सुविधा के लिए एक नौकर भेजा। और वह लड़का अंग्रेजी का आभारी है कि उसके कारण वह 'हम जैसे बड़े लोगों के सम्पर्क में आया, नहीं तो गाँव-गँवई में पड़ा रहता और ज्यादा-से-ज्यादा पढ़ा-लिखा किसान बन पाता।' सच बात है, अंग्रेजी न होती तो उसे इतनी ऊँची शिक्षा कौन देता!

सारी पढ़ाई मातृभाषा में होती तो किसी को घरेलू कामकाज के लिए कोई नौकर भी नहीं मिलता। लोगों को खुद अपने जूठे बर्तन माँजने पड़ते, अपने घर में झाड़ू देनी पड़ती। वह तो कहो कि अंग्रेजी ने शरीफ लोगों की इज्जत ढाँप रखी है। अंग्रेजी ने सरकार की भी इज्जत बचा रखी है, नहीं तो ये घरेलू कर्मचारी भी पढ़-लिखकर सरकार से नौकरी माँगने लगते। व्यर्थ ही उन पर सरकारी नौकरियाँ नष्ट करनी पड़ती। फिर अफसरों के बेटे क्या करते?

उस दिन एक स्कूटर-ड्राइवर मुझसे नाराज हो बैठा। कहने लगा कि वह गरीब है, अनपढ़ है; पर वह अपने बच्चे को पढ़ाना चाहता है। मैंने कहा कि पढ़ाओ, पढ़ाने में क्या हर्ज है। वह और नाराज होकर बोला कि वह अपने बच्चे को लेकर एक पब्लिक स्कूल में गया था, पर उन लोगों ने उसके बच्चे को स्कूल में इसलिए प्रवेश नहीं दिया, क्योंकि बच्चे के बाप को अंग्रेजी नहीं आती। अन्त में वह बहुत नाराज होकर बोला, "आप ही बतायें, अंग्रेजी देश को

शिक्षित बनाने का माध्यम है या देश को अनपढ़ बनाये रखने का साधन?"

मैंने उससे पूछा, "पढ़ाई जरूरी है कि व्यवस्था?"

"व्यवस्था।" उसने कहा, "आदमी पढ़े बिना भी इज्जत से जी सकता है, किन्तु व्यवस्था के बिना किसी की भी इज्जत सुरक्षित नहीं रहेगी।"

"ठीक कहते हो।" मैंने उसकी प्रशंसा की, "यदि हमने अंग्रेजी हटा दी और पढ़ाई मातृभाषाओं में होने लगी तो सब लोग पढ़ने लगेंगे। तुम्हारा बेटा भी पढ़ जायेगा।"

"हाँ जी!" वह खुश होकर बोला।

"तो फिर स्कूटर क्या मेरा बेटा चलायेगा?" मैंने उसे डाँटा, "सब लोग पढ़ गये तो स्कूटर कौन चलायेगा? और स्कूटर कोई नहीं चलायेगा तो हम एक स्थान से दूसरे स्थान तक कैसे जायेंगे? और हम एक स्थान से दूसरे स्थान नहीं जायेंगे तो समाज की व्यवस्था कैसे चलेगी? इसलिए समाज की व्यवस्था के लिए अंग्रेजी का होना बहुत आवश्यक है। अंग्रेजी ही हमारे समाज की व्यवस्था को चला रही है।"

"हाँ जी! हाँ जी!" वह मान गया।

"फिर, एक बात और है।" मैंने उसे समझाया, "अंग्रेजी रही तो मेरा बेटा हर परीक्षा में तुम्हारे बेटे से अधिक अंक प्राप्त करेगा और अंग्रेजी हट गयी तो तुम्हारा बेटा भी क्लास में फर्स्ट आ सकता है। अब तुम खुद ही सोचकर ईमानदारी से कहो कि एक स्कूटर-ड्राइवर का बेटा क्लास में फर्स्ट आये और एक आई.सी.एस. अफसर का बेटा पीछे रह जाये, क्या यह अच्छा लगेगा?"

"नहीं जी! नहीं जी!" वह बोला, "हम ऐसी गुस्ताखी कैसे कर सकते हैं।"

"तो अंग्रेजी रहे न?"

"हाँ जी! हाँ जी!" उसने अनुमति दे दी, "सिर-आँखों पर रहे।"

मेरे एक मित्र कॉलेज में लैक्चरर हैं। वे भी मेरी ही तरह पहले कुछ लोगों के बहकावे में आ गये थे और अंग्रेजी की बुराई करने लगे थे। अब वे भी मेरे ही समान अंग्रेजी के समर्थक हैं।

उन्होंने मुझे बताया, "कॉलेज में अनुशासन के लिए अंग्रेजी का होना बहुत आवश्यक है।"

"हिन्दी में अनुशासन नहीं रहता क्या?" मैंने पूछा।

"अजी, लानत भेजो।" वे बोले, "हिन्दी भी कोई भाषा है! क्लास में जो कुछ बोलो, लड़के सब कुछ समझ जाते हैं और फिर धड़ाधड़ प्रश्न पूछने लगते हैं। उन प्रश्नों का उत्तर न दे सको तो क्लास का अनुशासन बिगड़ता है और उनका उत्तर देना चाहो तो रोज घर पर लेक्चर की तैयारी के लिए छह घंटे

पढ़ना पड़े। उससे तो अंग्रेजी ही भली। बिना तैयारी के क्लास में चले गये। जो जी में आया बोल आये। न कोई समझेगा, न प्रश्न करेगा। किसी ने कुछ पूछा तो अंग्रेजी में डाँट दिया। न कोई अंग्रेजी बोल सकेगा, न क्लास का डिसिप्लिन बिगड़ेगा।"

मैं मान गया कि डिसिप्लिन के लिए भी अंग्रेजी जरूरी है।

हायर सेकंडरी का परीक्षाफल निकला तो यूनिवर्सिटी में काफी हलचल मच गयी। पता चला कि कॉलेजों में जितनी सीटें हैं, प्रवेश के प्रत्याशी उससे कहीं अधिक हैं। उपकुलपति बड़े परेशान थे। मिले तो उसी परेशानी का दुखड़ा ले बैठे।

"आखिर इतने लोग कहाँ से आ गये?" मैंने सहानुभूति जताने के लिए पूछा, "क्या जनसंख्या बहुत बढ़ गयी है?"

"जनसंख्या कितनी भी बढ़ती, कुछ नहीं होता," वे बोले, "यह तो हायर सेकंडरीवालों ने अंग्रेजी का लाल तिकोन हटाकर अच्छा नहीं किया। मैं कहता हूँ, हर परीक्षा में अंग्रेजी के छह परचे रखो और हर विषय में अध्ययन का माध्यम अंग्रेजी हो। एक ही वर्ष में यूनिवर्सिटी में परिवार-नियोजन न हो गया तो मुझे कहना।"

"पर विद्वान लोग तो कहते हैं कि अंग्रेजी उच्च शिक्षा का माध्यम है। अंग्रेजी हट गयी तो उच्च शिक्षा नहीं रहेगी और आप उसे उच्च शिक्षा से रोकने का साधन बना रहे हैं?" मैंने पागलों का-सा प्रश्न किया।

वे मेरी मूर्खता पर खूब हँसे, जी-भर। बोले, "मैं भी अंग्रेजी को उच्च शिक्षा का माध्यम मानता हूँ। उच्च शिक्षा के माध्यम से अभिप्राय है, समाज में ऊँच-नीच बनाये रखने का माध्यम। अंग्रेजी हटी तो सब लोग बराबर हो जायेंगे। तब भारत में जनतन्त्र हो जायेगा। ऊँच-नीच नहीं रह पायेगी।"

"हूँ।" मैं बोला।

"और भी एक बात है," उन्होंने मुझे बताया, "अंग्रेजी भारतीय संस्कृति की रक्षक है।"

"भारतीय संस्कृति की रक्षक?" मैं समझा नहीं।

"शिक्षा का माध्यम हिन्दी हो गया तो लोग अपनी पुस्तकों को लाल कपड़े में बाँधकर रखने और रोज प्रणाम करने के बदले उन्हें पढ़ने लगेंगे। उससे उन पुस्तकों का आदर-मान कम हो जायेगा। नीच जाति के लोग भी अपने ग्रन्थों को समझने लगेंगे।"

"ठीक है।" मैंने उन्हें बताया, "मैं इस बात को पूरी तरह मान गया हूँ। अंग्रेजी के शत्रु राष्ट्र-विरोधी लोग हैं, उन्हें गोली से उड़ा दिया जाना चाहिए।"

कैनोपी का स्वयंवर

अंग्रेजों का विचार था (शायद) कि वे इस देश में सदा के लिए या कम-से-कम, काफी लम्बे अरसे के लिए रहेंगे। इसीलिए उन्होंने अपने लिए एक नगरी बसायी—नई दिल्ली दफ्तर बनाया—नया सचिवालय। और गवर्नर-जनरल के लिए वह महल बनाया, जिसे आजकल भारतीय लोग राष्ट्रपति भवन कहते हैं। उसी सड़क पर, आगे चलकर, राष्ट्रपति भवन के ठीक सामने, कश्मीरी दरवाजे, अजमेरी दरवाजे, दिल्ली दरवाजे, लाहौरी दरवाजे इत्यादि की नकल में एक दरवाजा बनवाया, जिसका नाम रखा गया—इंडिया गेट! वह आज भी इंडिया गेट ही कहलाता है।

इस पिछड़े हुए देश का एक बड़ा पुराना रिवाज है कि द्वार के बाहर द्वारपाल बैठाया जाता है। पर (शायद) अंग्रेजों के यहाँ यह रिवाज नहीं है। (अपने-अपने रिवाज हैं, कोई किसी को क्या कहे) उन्होंने इंडिया गेट के बाहर, यानी ठीक दरवाजे पर एक छतरी बनवायी—कैनोपी! और उसके नीचे जॉर्ज पंचम की मूर्ति स्थापित कर दी!

जॉर्ज पंचम उस कैनोपी में बैठे-बैठे अपने पुत्रों का ऐश्वर्य देखते रहे! पर जब अंग्रेज भारत को राजनीतिक स्वतन्त्रता देकर चलने लगे तो पंचम का मन कुछ डगमगा-सा गया।

महात्मा गाँधी के स्वदेशी आन्दोलन ने जॉर्ज पंचम को अपने देश की बहुत याद दिलायी।

"ठहरो, मैं भी चलता हूँ।" जॉर्ज ने कहा।

सम्राट के सामने कोई क्या कहता? उनका विरोध कोई कैसे करता? पर जाते हुए अंग्रेजों के चेहरों से स्पष्ट झलक रहा था कि उन्हें जॉर्ज पंचम का भी साथ चल पड़ना अच्छा नहीं लगता, जो अपने मित्रों से मिलने जाते हुए पति को पत्नी के साथ चिपक जाना अच्छा नहीं लगता।

जॉर्ज पंचम ने अपनी जूतियों में पैर डाले। वे कैनोपी से निकलने ही वाले थे कि एक गोरे, कोमल हाथ ने उनकी बाँह पकड़ ली।

जॉर्ज ने घूमकर देखा, ब्रिटिश संस्कृति खड़ी, बड़े माशूकाना अन्दाज में मुस्करा रही थी, "तुम भी चले गये तो मेरी देखभाल यहाँ कौन करेगा?"

जॉर्ज चिन्तित हो गये। फिर उन्होंने सँभलकर पूछा, "तुम साथ नहीं चल रहीं?"

"नहीं!" वह मुस्करायी। उसकी मुस्कान बड़ी आकर्षक थी।

"अच्छा!" और जॉर्ज फिर अपनी जगह पर बैठ गये।

भारत सरकार अपने कमरे में टहल रही थी, एक सिरे से दूसरे सिरे तक! वह क्षुब्ध नहीं थी, चिन्तित भी नहीं थी। बस अभ्यासवश टहल रही थी। उसे भविष्य के विषय में कुछ सोचने से लिए इसी पकार टहलना पड़ता था। आदत थी, और क्या...

नया-नया उत्तरदायित्व था। बहुत-सी नयी-नयी बातें थीं। नये-नये काम थे। अधिक समय तो यही सोचते हुए निकल जाता था, कि क्या करे और क्या न करे?

"...हाँ, जॉर्ज पंचम भी बैठे हैं।" सरकार ने सोचा, "पर उनका क्या करना... अब अंग्रेज तो यहाँ से चले ही गये हैं। आखिर जॉर्ज पंचम भी अब किसे देख-देखकर बैठे रहेंगे, बोर होकर चले जायेंगे!... वैसे भी अब सम्राट का प्रतिनिधि, कोई अंग्रेज गवर्नर-जनरल तो आयेगा नहीं। कोई-न-कोई भारतीय ही राष्ट्रपति होगा। राष्ट्रपति की सवारी इधर में निकला करेगी, तो जॉर्ज पंचम सवारी की शोभा देख-देखकर जल-भुन जायेंगे। खुद ही उठकर चल देंगे—और क्या?

"...वैसे भी," सरकार ने टहलते-टहलते, रुककर सोचा, "अपने भूतपूर्व स्वामी से अशिष्ट व्यवहार करना अच्छा नहीं है!"

"तो?" सरकार के सामने प्रश्न था।

"तो क्या," सरकार ने स्वयं से कहा, "उन्हें अपने हाल पर छोड़ दो, चले ही जायेंगे, बैठे थोड़ी रहेंगे।"

सरकार ऐसे ही बहुत सारी बातों को स्वतः निश्चित मान लेती है।... आदत है उसकी।

लोगों ने सोचा, सरकार नेताओं की है और नेता समझदार होते हैं; तो समझदारों की बात मानो और स्वीकार कर लो कि जॉर्ज पंचम अपने-आप बोर होकर यहाँ से चल देंगे। और वैसे भी अंग्रेज अपने देश में हमारे नेताओं की मूर्तियाँ स्थापित कर रहे हैं।

सारा संसार कहता है कि यह उनकी उदारता है, तो फिर हम ही क्यों अपनी दासता के प्रमाणों को हटाकर अपनी नीचता का प्रमाण दें। बैठे रहें, बैठे रहें, कब तक बैठे रहेंगे...।

पर (कम-से-कम, इस देश में) इतिहास अपने आपको दुहराता है और हमें इतिहास की पुनरावृत्ति देखने का शौक है। मुगलों ने भी समझा था कि ये स्वयं ही चले जायेंगे और वे नहीं गये—हमने भी समझा था कि चले जायेंगे, पर वे नहीं गये।

जब जॉर्ज पंचम ने हद ही कर दी—बोर होने के आसार ही नहीं दिखाये और उनका धैर्य देख-देखकर जनता उनसे बोर होने लगी तो नेताओं की सरकार डर गयी। भई जाहिल देश की अशिष्ट जनता का क्या भरोसा। नमकहराम हैं सब—भूतपूर्व स्वामी का अपमान भी कर सकते हैं। कोई अलकतरा भी पोत सकता है, कोई तोड़-फोड़ भी सकता है। अच्छा है, जॉर्ज पंचम को हटा दिया जाये।

तो सरकार ने बहुत सारी क्षमा प्रार्थना के पश्चात् जॉर्ज पंचम को उस कैनोपी से हटा लिया। कैनोपी से किसी को कुछ लेना-देना नहीं था। वह वहीं खड़ी रही। पर जॉर्ज को यदि इंडिया गेट के सामने, सरकार की देख-रेख में खड़े रहने पर भी खतरा था तो देश में कहीं भी खतरा हो सकता है। जनता तो एक जैसी ही थी, यहाँ से वहाँ तक!

तो जॉर्ज पंचम को सम्पादक द्वारा अस्वीकृत रचना के समान सखेद, सधन्यवाद विलायत लौटा दिया गया!

उस रात एक बड़ी विचित्र घटना घटी। ऐसी आशा किसी को भी नहीं थी, इसलिए उसके बचाव के लिए कोई प्रबन्ध भी नहीं किया गया था। हुआ यह कि रात होते ही वह कैनोपी, श्मशान में रोती हुई किसी सद्यः विधवा के समान चीत्कार करने लगी। वह विलाप कर रही थी—"हाय! मेरा सुहाग लुट गया। हाय! मैं खाली हो गयी। मुझे मेरा पति दो। उसे नहीं लौटा सकते तो कोई और पुरुष दो! मैं अकेली नहीं रह सकती। हाय! मेरी रातें नहीं कटतीं...।"

देश के किसी कोने में कोई रोये, कोई विलाप करे तो उसे अनसुना किया जा सकता है। वैसे ही सारी दुनिया जानती है कि दिल्ली कानों से कुछ-कुछ बहरी है—ऊँचा सुनती है। इसलिए कई बार सुनकर भी अनसुना करने का स्वाँग भर लेती है। पर, बीच दिल्ली के कलेजे में, राष्ट्रपति-भवन के सामने उसका मार्ग रोके कैनोपी चीत्कार कर रही थी। उसे अनसुना करने का नाटक कोई कैसे करता?

एक बात और भी हुई। देश के सारे बड़े व्यक्तियों को लगा कि यह कैनोपी तो हाथ में जयमाल लिये, स्वयंवर में खड़ी राजकुमारी के समान है। क्या पता किस पर इसका मन आ जाये और यह उसका वरण कर ले। और इस बात को कोई भी अस्वीकार नहीं कर सकता था कि इंडिया गेट की गोद में बैठी यह कैनोपी जिसका वरण कर लेगी, वह तत्काल बड़ा आदमी बन जायेगा। यहाँ तो प्रत्येक व्यक्ति मोहनी के स्वयंवर में नारद हो रहा था। पैंतालीस करोड़ व्यक्ति उचक रहे थे, "देख कैनोपी! मुझे देख। देख, मैं कैसा बाँका जवान हूँ। देख, मैं तेरा प्रेमी! मैंने जॉर्ज पंचम को यहाँ से हटाया है—केवल तुझे पाने को। देख, अरे देख...।"

यह तो अराजकता की स्थिति थी। कोई भी व्यक्ति खाली कैनोपी में, जॉर्ज पंचम के स्थान पर खड़ा हो सकता था। नेताओं को दिल के दौरे पड़ने लगे। तत्काल नेताओं की सभा बुलायी गयी।

एक बात पर सब सहमत थे कि उस कैनोपी में किसी महान् व्यक्ति की मूर्ति स्थापित की जानी चाहिए। दूसरी बात पर भी वे सहमत हो गये (आश्चर्य!) कि महान् व्यक्ति चिन्तक, योद्धा या कलाकार नहीं हो सकता—महानता केवल राजनीतिज्ञों की बपौती है! अतः वहाँ किसी राजनीतिक नेता की मूर्ति ही स्थापित हो सकती है। पर तीसरी बात पर वे सहमत नहीं हो पाये! प्रत्येक नेता यह चाहता था कि उसे ही वहाँ स्थापित किया जाये! इस पर कौवों की पंचायत के समान खूब झगड़ा मचा। कोई किसी को क्या रोकता, सभी बड़े नेता थे—काफी बड़े-बड़े। जब काफी काँव-काँव हो चुकी तो दो नेताओं के नाम चुन लिये गये? वे नाम इतने बड़े थे कि बाकी नेताओं को धीरे-धीरे चुप हो जाना पड़ा। क्या करते बेचारे!

पर मूर्ति तो एक ही स्थापित करनी थी। दो नेताओं में से किसी एक को कैसे चुना जाये?

सहसा, दोनों में से जो अधिक उदार नेता थे, वे खड़े हो गये। बोले, "सज्जनो! मैं अपने मित्र के पक्ष में, उस कैनोपी में स्थापित होने का अधिकार एक शर्त पर छोड़ने को तैयार हूँ।"

"क्या?" नेताओं ने बिगड़े कोरस के स्वर में पूछा!

आखिर भारत देश है। आदर्शवादी लोग यहाँ नहीं होंगे तो कहाँ होंगे। त्याग, बलिदान, उदारता—ये तो इसी देश में पाये जाते हैं। सब नेताओं को आशा हो गयी कि अब यह समस्या सुलझ गयी। चलो इस देश की एक समस्या तो सुलझी। अगले वर्ष गणतन्त्र दिवस के भाषणों के लिए मसाला हो गया...

"वह यह कि," उदार नेता बोले, "कि मेरे मित्र को तो उस कैनोपी में

स्थापित कर दिया जाये। और मैं... और मैं चूँकि प्रदर्शन में विश्वास नहीं रखता। छिपकर, गुप्त रूप से जनता की सेवा में ही मेरा विश्वास रहा है, इसलिए उस कैनोपीवाली सड़क पर ही, उससे हटकर, उस दीवार के पीछे मुझे राष्ट्रपति-भवन में स्थापित कर दिया जाये।"

सहसा नेताओं का ध्यान एकदम पलट गया।... वे लोग क्या करने जा रहे थे? ...उस कैनोपी का महत्त्व तो सब समझ रहे थे। सब ही उसमें स्थापित होने के इच्छुक भी थे। पर यह... यह खतरा? इसकी ओर तो किसी का ध्यान ही नहीं गया था। यह तो किसी ने सोचा ही नहीं था कि उस कैनोपी में जिसको भी स्थापित किया गया, वह अवसर देखकर, लोगों की आँख बचाकर सीधा चलता हुआ राष्ट्रपति-भवन में घुसकर वहाँ स्थापित हो जायेगा।... तो फिर?... उस कैनोपी में तो कोई ऐसा ही व्यक्ति स्थापित होना चाहिए, जो राष्ट्रपति-भवन की ओर देखता तो रहे, पर ललचायी हुई नजरों से न देखे। और वह कभी उसमें घुसपैठ का प्रयत्न न करे...

यह काम तो कोई सन्त ही कर सकता था—जो राष्ट्रपति भवन को देखता तो रहे, पर उसमें घुसने का प्रयत्न न करे। इंडिया गेट के बाहर बैठा-बैठा ही सब कुछ देखा करे। राजनीतिज्ञों में ऐसा सन्त कौन होगा?

एक ही, निश्चित उत्तर था—हमारे बापू! राष्ट्रपिता! महात्मा गाँधी! भला राष्ट्रपिता, राष्ट्रपति के भवन में क्यों जायेंगे?

नेता लोग तीसरी बात पर भी सहमत हो गये—"उस कैनोपी में महात्मा गाँधी को प्रतिष्ठित किया जाये।"

उस रात सहेलियों से कैनोपी को सूचना मिल गयी कि उसकी बातचीत महात्मा गाँधी से पक्की हो चुकी है, लगभग सगाई ही समझो। अब उसें रोने की आवश्यकता नहीं थी। वह अब उजड़ी माँगवाली विधवा नहीं थी। उसका भविष्य अन्धकारमय नहीं था। वह अब यतीम और निराश्रित नहीं थी—वह तो राष्ट्रपिता की वाग्दत्ता थी। उसके पास प्यार करने को कोई था। वह उसके विषय में सोच सकती थी, उसका नाम सुनकर शरमा सकती थी, उसके चारों ओर भविष्य के सपने बुन सकती थी।

उस रात इंडिया गेट के बाहर कोई नहीं रोया। कल की रातवाला वह भयानक श्मशान आज बड़ा रोमानी हो उठा था। वहाँ हल्की-हल्की ढोलक पर सोहाग गाये जा रहे थे और सहेलियों की चुहल के साथ-साथ हँसी की मधुर आवाजें अठखेलियाँ करती फिरती थीं।

दूसरे दिन वहाँ वास्तुकार आये, मूर्तिकार आये। आखिर कैनोपी का विवाह था! साधारण बात नहीं थी। पूरी तैयारियाँ होनी चाहिए थीं। काफी चहल-पहल रही... कभी कोई कैनोपी का रूप देखता, कोई आकार देखता, कोई उसकी ऊँचाई देखता, कोई चौड़ाई। मूर्ति इतनी ऊँची हो, इस मुद्रा में हो, इस दिशा में हो, पत्थर का यह रंग हो...

कैनोपी को लगा, कोई दर्जी उसके जोड़े का नाप ले रहा है, कोई सुनार उसके चूड़े के लिए उसकी कलाई नाप रहा है, कोई उसकी चुनरी का रंग पसन्द कर रहा है, कोई गोटे का भाव कर रहा है।

कैनोपी शरमा-शरमाकर मुस्कराती रही और जब उससे न रहा गया तो उसने चुन्नी अपने मुँह में ठूँस ली। यह हँसी भी मोई कैसी बेवक्त...

पर वास्तु-विशेषज्ञ निराशा से सिर हिला रहा था। "ओह नो! इट इज इम्पॉसिबल! यह सम्भव ही नहीं है। आप लोगों ने यहाँ बापू की मूर्ति स्थापित करने का फैसला कैसे कर लिया? यह देखिये.." और उसने हाथ में पकड़ी छड़ी से कैनोपी को छुआ, "लुक एट इट! इसे देखें! यह तो शुद्ध राजकीय छत्र है। राजसी ठाट है। यह तो सम्राट की मूर्ति के ही उपयुक्त है। इसमें लंगोटीधारी बापू कैसे जचेंगे? ओह नो! किसी प्रकार भी उचित नहीं है। झोपड़ी के बाहर मोगल गार्डन नहीं लगाया जा सकता, अकाल-पीड़ित कंकाल के चित्र को सुनहरे फ्रेम में नहीं मढ़ा जा सकता, जन-नेता महात्मा गाँधी की मूर्ति राजसी कैनोपी में कैसे फबेगी? ओह नो!..."

कैनोपी ने सुना, पंडित कह रहा था, "कन्या राजकुमारी है। राजा की बेटी है, सम्राज्ञी होने के लिए जनमी है। फकीर के साथ इसके नक्षत्र नहीं मिलते... यह कंचन की काया, ये रसीले होंठ... ये मदभरे नयन... ये क्या संन्यासी के साथ सजेंगे... नहीं यह जोड़ी नहीं सजती, यह विवाह नहीं होगा...।"

उस रोज कैनोपी का सुहाग दूसरी बार उजड़ा।

आज कैनोपी प्रेत हो गयी! उसकी चीखें इंडिया गेट की नहरों में कँपकँपी उठाने लगीं। वह भयानक हो गयी! खप्पर खाली है! किसका खून पिऊँ?

नेताओं की सभा जुड़ी! सबके चेहरे उड़े हुए थे। उन्होंने तो समझा था कि बापू सँभाल लेंगे। भला ऐसी भी कोई समस्या हो सकती है, जो बापू के नाम से शान्त न हो? विचित्र जमाना आ गया। रामबाण औषधियाँ भी निरर्थक हो रही हैं। बापू भी अपने बेटों की समस्या नहीं सुलझा पा रहे...

तो?

आखिर एक महान् नेता उठे। बोले, "बन्धुओ! आप लोग बहुधा ये भूल जाते हैं कि आप लोग भारतीय हैं।"

"नहीं, यह झूठ है।" लोगों ने जोरदार नारे लगाये, "यह हम पर झूठा लाँछन है। हम अपने महान् देश को कैसे भूल सकते हैं? हम अपनी राष्ट्रीयता को कैसे भूल सकते हैं...।"

"बन्धुओ! मेरा मतलब यह नहीं था।" महान् नेता बोले, "हम अपनी औकात भूल जाते हैं। वह कैनोपी अंग्रेजों ने बनायी थी और उन्होंने ही उसमें जॉर्ज पंचम की मूर्ति स्थापित की थी। अब आप यह कैसे सोच सकते हैं कि आप अंग्रेजों के कामों को सुधार सकते हैं, आप उनकी चीजों को परिवर्तित कर सकते हैं, आपकी भाषा उनकी भाषा की जगह ले सकती है, आपकी मूर्तियाँ उनकी मूर्तियों का स्थान ले सकती हैं... आप लोगों का यह दुस्साहस!" महान् नेता क्रोध में थर-थर काँप रहे थे।

अन्य नेताओं ने महान् नेता के तेज के सामने हाथ जोड़े, घुटने टेके और भक्तों की भीड़ के समान बोले, "धन्य प्रभु, धन्य! अब आप ही हमें कोई मार्ग दिखायें।"

"अब अपनी भूल स्वीकार करो!" महान् नेता बिजली के समान कड़के, "और अंग्रेजों से यह प्रार्थना करो कि वे लोग दया करके जॉर्ज पंचम की मूर्ति तुम्हें लौटाय्रें और उसी मूर्ति को उस कैनोपी में पुनः स्थापित करो।"

"धन्य प्रभु, धन्य!" नेताओं ने उनकी आरती की, "ऐसा ही होगा।"

और सब नेता विलायत भेजा जानेवाला पत्र लिखने पर जुट गये।

त्राहि-त्राहि

नयी दिल्ली रेलवे स्टेशन के बाहर कभी भीड़ कम होती ही नहीं। जाने किसने इस सदा-सुहागन धरती को दूधों नहाने और पूतों फलने का ऐसा सच्चा आशीर्वाद दे दिया है कि वह प्रशासन को भी भारी पड़ने लगा है।

वहीं मैं एक बस में बैठा। बस भरी हुई थी। दिल्ली में बसें भरी हुई ही होती हैं, खाली तो लोगों के पेट हैं। मेरे आगे की सीट पर एक महिला बैठी हुई थीं। सम्भ्रान्त महिला थीं। उन्होंने लिपस्टिक भी लगा रखी थी। मेरी नजर शायद उन पर न भी पड़ी होती। इसलिए नहीं कि मैं नारी-सौन्दर्य की ओर आकृष्ट नहीं होता, बल्कि इसलिए कि वे किसी भी दृष्टि से असाधारण नहीं थीं।

बस चली तो उन्होंने एक सन्तरा छीलकर उसके छिलके खिड़की से बाहर सड़क पर दे मारे। ठीक भी था। भारतीय संविधान के अधीन एक स्वतन्त्र नागरिक के रूप में उन्हें पूरा अधिकार था कि वे अपने सन्तरे के छिलके अपने देश में कहीं भी फेंकें। सन्तरा उनका, छिलका उनका, देश उनका—मैं खामखाह। पर मुझसे रहा नहीं गया। मुँह से निकल गया, "किसी को लग जाता तो?"

यद्यपि मैंने उन्हें सुनाने के लिए नहीं कहा था, पर वे बड़ी दयालु थीं। उन्होंने मेरी बात सुन ली। उनकी त्योरियाँ चढ़ गयीं। नासिकापुट फकड़ने लगे। काव्यशास्त्र में रौद्र रस के जितने भी लक्षण हैं, सब उनके चन्द्रमुख पर प्रकट हो गये।

बोलीं, "लग जाता...तो?"

वैसे तो मेरे पास उनका ही कोई उत्तर नहीं था, पर उनके इस 'तो' का एकदम ही नहीं था। हक्का-बक्का रह गया। प्रयत्न करके अपनी किंकर्त्तव्यविमूढ़ता से उबरा तो इतना ही कहने की बुद्धि जुटा पाया, "उसे बुरा लगता।"

उनकी भंगिमा कुछ और उग्र हो उठी, "उसे लगता। मुझे क्यों लगा..?"

मेरी चिन्तन-प्रक्रिया आरम्भ हो गयी। ठीक कह रही हैं—जिसे छिलका लगता, उसे बुरा लगता। मुझे क्यों बुरा लगा? मेरा और उसका सम्बन्ध ही क्या है? मानवीय संवेदना तो अब हमारे समाज में दोष-स्वरूप ही कहीं-कहीं

पायी जाती है। उसकी तो भर्त्सना होनी ही चाहिए। किसी बलात्कारी को कोई भला आदमी रोकता है कि 'भाई, इस स्त्री के साथ अत्याचार न करो', तो बलात्कारी भी कुछ ऐंठकर कहता है, 'क्यों? तेरी बहन लगती है क्या?'

"तुझे तो दूसरों के मामले में टाँग अड़ाने की बुरी आदत है," उनका स्वर बहुत ऊँचा हो गया था और बस के भीतर बैठी सारी आँखें हम पर ही टिकी थीं, "मुझे तो नहीं मारा। छिलका ही मारा, कोई पत्थर तो नहीं मारा। किसी का सिर नहीं फूटा, तो मेरा दिल क्यों टूटा..." उनके कवित्व की दाद देने का मन हो रहा था, पर स्थिति बड़ी नाजुक हो उठी थी। सारी बस की आँखें मुझे सन्देह के डंक चुभो रही थीं।

एक ने पूछ ही लिया, "क्या बात है, भाई साहब?"

"जी, इन्होंने सन्तरे का छिलका बाहर फेंका, तो मैंने इतना ही कहा कि किसी को लग जाता। ये तो मुझसे ही लड़ने लगीं।" मुझे अपनी सफाई देनी पड़ रही थी।

"तेरा तो दिमाग खराब हैं।" वे इतने विश्वास से बोलीं, जैसे मुझे वर्षों से जानती हो, "कोई इतना भी बदतमीज होता है कि बिना देखे छिलके फेंक दे।"

"तो आप यह कह देतीं कि मैंने देख लिया था।"

"क्यों कह देती?" उनका स्वर ऊँचा उठा, "तुझे बताना जरूरी था क्या?"

"आप ही चुप कर जाइये भाई साहब!" एक लहीम-शहीम पहलवान ने अत्यन्त भयभीत स्वर में मुझे सलाह दी।

महिला की बमबारी से बचने के लिए मैं तो कोई आड़ खोज ही रहा था। भयभीत पहलवान की बात मानकर मैं चुप हो गया। पर वे गोले दागती ही रहीं, "बदतमीज कहीं का।...दूसरों के मामलों में टाँग अड़ाने की बुरी आदत ...।" साथ ही साथ वे सन्तरे के बीज बस के अन्दर ही थूकती जा रही थीं! सन्तरा खत्म हो गया, पर वे अपना गुस्सा नहीं थूक पायीं।

इस बुरी आदत ने मुझे पहले भी एक जगह पिटवाया था। तब हम लोग रेल में यात्रा कर रहे थे। हममें से एक साहित्य के स्वनामधन्य आलोचक भी थे। उन्होंने बीजवाले बड़े अंगूर का दाना मुँह में डाला। काव्यशास्त्रीय भंगिमाओं में उसका रस चूसा—जैसे वे आमतौर पर लेखकों का खून चूसा करते थे—और अंगूर का बीज साफ-सुथरे फर्श पर थूक दिया।

"अरे, बीज फर्श पर क्यों थूक दिया!" अपनी बुरी आदत के कारण मुझसे टोके बिना नहीं रह गया।

"उग आयेगा क्या?" उन्होंने हेला के साथ पूछा।

समझ गया कि कम्पार्टमेंट के फर्श के गन्दे होने की उन्हें कोई चिन्ता नहीं थी। उन्हें चिन्ता थी तो बस यही कि कहीं कम्पार्टमेंट में अंगूर की बेल न उग आये। वैसे अंगूर की बेल के उग आने को मैं आज तक चिन्ताजनक नहीं मान पाया हूँ। हो सकता है कि उन्हें यह आशंका हो कि बेल उग जाने पर उन्हें शायिका से उठाकर बेल पर टाँग दिया जायेगा।

उनके प्रश्न का उचित उत्तर मुझे नहीं सूझा। मैंने सफाई के महत्त्व पर एक सीधा-सादा भाषण दे डाला। उन्हें बुरा लगा। बोले, "यही तो बुरी आदत है तुममें, सब जगह उपदेशक बने रहते हो।"

स्वीकार करने के सिवा और कोई चारा ही नहीं था कि ऐसा ही है। मैं आज तक यह समझ ही नहीं पाया कि कोई व्यक्ति कैसे अपने घर को तो साफ रखता है पर बस, ट्रेन और सड़कें गन्दी करता फिरता है! इसी समस्या का समाधान पाने के लिए मैंने दूसरों के मामले में टाँग अड़ानेवाली अपनी बुरी आदत का एक बार और सदुपयोग किया था।

कॉलेज के स्टाफ-रूम में मैं अपने एक मित्र के साथ बैठा था। मित्र सिगरेट के रूप में अपना पैसा फूँक रहे थे और धुएँ के रूप में अपनी चिन्ता उड़ा रहे थे। सहसा उन्होंने कालीन पर सिगरेट की राख झाड़ी और जाने क्या हुआ कि सिगरेट को कालीन पर पटककर अपने जूते के तले से उसे कुचल दिया।

मैं जान नहीं सका कि सुलगते सिगरेट से कालीन का तन जला या नहीं, पर मेरा मन अवश्य जल गया।

"घर में इस तरह से गन्दगी फैलाते हो तो तुम्हारी पत्नी तुम्हें कुछ नहीं कहती?"

अपनी ओर से मैंने ट्रम्प कार्ड चला था। पर यह ज्ञान तो मुझे मित्र के उत्तर से ही मिला कि संसार में सब लोग अपनी पत्नियों से मेरे ही समान नहीं डरते। आज भी कुछ शेरदिल मर्द हैं, तो अपनी पत्नी से डरते तो नहीं ही हैं—उसे डराकर भी रखते हैं।

"नो फियर्स!" मित्र ने उत्तर दिया, "घर में घुसते ही ऐसी त्राहि-त्राहि मचा देता हूँ कि किसी को कुछ कहने का साहस ही नहीं होता।"

अब यह कला मेरी भी समझ में आ गयी है। आज का युग त्राहि-त्राहि मचवाने का ही है। कितना भी अनुचित काम किया जाये, पर साथ त्राहि-त्राहि मचवा दी जाये, तो आपका अनुचित काम भी उचित में बदल जाता है।

सात बजे का संकेत

रामलुभाया ने मुझे भोजन के लिए निमन्त्रित किया।

"अपने घर का रास्ता तो समझा दो।" मैंने कहा।

"घर का रास्ता क्या करोगे।" वह बोला, "पार्टी तो होटल में है।"

"क्यों तुम्हारे घर में स्थान नहीं है क्या?"

"स्थान क्यों नहीं है।" वह बोला, "पर घर में वैसा भोजन हो नहीं सकता, जैसा मैं खिलाना चाहता हूँ।"

"तुम्हारी पत्नी वैसा भोजन पका नहीं सकती तो होटल से मँगवा लो।" मैंने परामर्श दिया, "पार्टी तो घर में ही रखो। तुम्हारे परिवार से भेंट हो जायेगी।"

रामलुभाया की आँखों में क्षोभ झलका, "मैं पार्टी उन लोगों को नहीं दे रहा, जिनके बीच रहता हूँ, उन लोगों को दे रहा हूँ, जिनके मध्य रहना चाहता हूँ।"

"जिन लोगों के मध्य रहते हो, उनसे प्रेम नहीं है तुम्हें?" मैं चकित था।

"नहीं! जिनसे प्रेम करता हूँ, उनके मध्य रह नहीं सकता।" रामलुभाया ने बताया, "वे धनी लोग हैं और महँगे मुहल्लों में रहते हैं।"

मैं चुप रह गया। रामलुभाया कोई नयी बात तो कह नहीं रहा था। वही पुरानी बात थी।

"कुमुदिनी जल में बसै, चन्दा बसै अकास।
जो जाहि को भावता, सो ताहि के पास॥"

"ठीक है, होटल में ही आ जाऊँगा।" मैं बोला, "क्या समय रखा है?"

"सात बजे!"

"सात बजे!" मैं चकित था, "सात बजे कौन खाना खाता या खिलाता है?"

"खाना तो साढ़े नौ बजे खायेंगे।" वह बोला, "सात बजे तो बुलाने का समय है।"

"सात बजे कौन आयेगा।" मैं हताश हो रहा था।

"तो मैं ही कौन-सा आ ज़ाऊँगा।" रामलुभाया ने कहा, "ब्यूटी पार्लर से

आते-आते ही मेरी पत्नी आठ बजा देगी।"

"तो लोगों को सात बजे बुलाने का ही क्या शौक है तुम्हें?" मैंने कहा, "आठ बजे ही बुला लो।"

"नहीं! नहीं!" वह मुझ पर झपट पड़ा, "समझते हो नहीं और बोलते जाते हो। आठ बजे बुलाने से लोग मान लेंगे कि आठ बजे उन्हें खाना मिल जायेगा। उस बात को तो समझ ही नहीं पायेंगे।"

"किस बात को?"

"जो मैं सात बजे के माध्यम से समझाना चाहता हूँ।"

वह भोजन के लिए बुला रहा है, इतना तो मैं समझ ही गया था। तो फिर वह और क्या समझाना चाहता है?

"नहीं समझे?" उसने पूछा।

"नहीं।"

"अरे भोजन से पहले कुछ पेय पदार्थ। तुम कुछ शर्बत-वर्बत पी लेना।"

"सात से साढ़े नौ तक शर्बत पीऊँ और साढ़े नौ से दस बजे तक भोजन।" मैं बोला, "मैं पागल नहीं हूँ।"

"पागल तो नहीं हो; किन्तु मूर्ख हो।" वह बोला।

"इसमें मूर्खता की क्या बात है।" मैं कुछ रुष्ट हो गया था।

"मैं उस शर्बत की बात कह रहा हूँ, जो धीरे-धीरे पीया जाता है।" वह बोला, "ढाई घंटे में तो दो-तीन प्याले भी नहीं पी पाओगे।"

"तुम मदिरा की बात कर रहे हो?" मैं उखड़ गया, "मैं मदिरा नहीं पीता।"

"इसीलिए तो तुम हाई सोसायटी का अंग नहीं बन पाते।" वह हँसा, "सदा वही रहोगे—पोंगा-पन्थी। पिछड़े हुए, बैकवर्ड क्लास।"

क्रोध तो मुझे बहुत आया है कि वह मदिरा जैसी घटिया चीज को गौरवान्वित करने का प्रयत्न कर रहा है; किन्तु लड़ना उचित नहीं समझा। बोला, "चलो बैकवर्ड ही सही। मुझे पिछड़े वर्गों का आरक्षण दिला दो। कुछ तो लाभ हो।"

बात का रुख बदलने से वह कुछ हत्प्रभ हुआ; किन्तु तत्काल सँभल गया, "कल सात बजे आ जाना। यदि ऊँची सोसायटी का लाभ लेना हो तो अंग्रेजी पी लेना। यदि पिछड़ेपन का लाभ लेना हो तो देसी पी लेना। कोई लाभ न उठाने की मूर्खता करनी तो नैतिकता का झंडा लिये साढ़े नौ आना और खाना खाकर चुपचाप घर लौट जाना।"

[रचना : 26.12.94]

संस्कृति और चालान

चलते-चलते अचानक मेरी गाड़ी के साथ भी वही हो गया, जो प्रायः सुधारवादी आन्दोलनों के साथ हो जाता है...अर्थात् गाड़ी खराब होकर बीच राह पर खड़ी हो गयी।

मैंने देखा कि मेरे आगे-पीछे, दायें-बायें बहुत-सी गाड़ियाँ शोर मचाती हुई धक्कम-पेल करती अपना-अपना मार्ग बनाने के प्रयत्न में खासी उलझ गयी थीं। चालकों की समझ में यह आ नहीं रहा था कि वे अपना मार्ग बनाने के प्रयत्न में दूसरों के मार्ग में खड़े थे।

ट्रैफिक कांस्टेबल मेरी ओर बढ़ा तो मुझे कुछ शान्ति मिली। अब, सब-कुछ ठीक हो जायेगा। वह मेरी गाड़ी एक ओर किनारे लगाने में मेरी मदद करेगा। बाधा दूर हो जायेगी और ट्रैफिक चल पड़ेगा।...पर उसने ऐसा कुछ नहीं किया। बोला, "तुम्हारा चालान होगा। तुम ट्रैफिक जाम किये खड़े हो।"

मुझे उसकी दुष्टता पर क्रोध आ गया। बोला, "अभी यहाँ कोई बारात आ जायेगी। वे सारी सड़क रोके खड़े घंटाभर नाचते रहेंगे, उनका तो चालान नहीं करोगे। मेरी गाड़ी खराब हो गयी है तो उसका चालान करोगे?"

"देखो, चालान उनका होता है, जो भले आदमी होते हैं। कानून मानते हैं और चालान से डरते हैं। अब तुम शराब पीकर दंगा करने लगोगे, तो तुम्हारा चालान कौन करेगा।"

मुझे वह सिपाही काफी जागरूक लगा। मैंने पूछा, "बारातवालों का तो सार्वजनिक रूप से ट्रैफिक रोकने के लिए चालान होना चाहिए। वह क्यों नहीं होता?"

"बेटी तो सबकी साँझी होती है।" वह बोला, "तुम चाहोगे कि हम अपनी संस्कृति त्यागकर बेटी के विवाह में सहयोग न करें?"

"क्या मतलब?"

"बारात लड़कीवालों के घर ही तो जा रही होती है।" उसने बताया, "यदि हम बारात को रोक लें, लड़के और उसके बाप को हवालात में बन्द कर दें—तो

किसी की बेटी का विवाह रुक जायेगा। क्या ये देश की संस्कृति के विरुद्ध नहीं होगा?"

"पर ट्रैफिक?"

"ट्रैफिक गया भाड़ में।" वह बोला, "देश की संस्कृति को देखें या ट्रैफिक को?"

"क्या देश की संस्कृति कहती है कि शराब पीकर सड़क पर नाचो?" मैं भी कुछ नाराज हुआ।

"नहीं। देश की संस्कृति तो केवल नाचने के लिए ही कहती है। सारे विश्व में सांस्कृतिक कार्यक्रम के नाम पर लोग नाचते ही तो हैं।" वह बोला, "अब, जब बिना पिये वे नाच नहीं सकते, तो क्या करें। उन्हें पीनी पड़ती है।"

"ओ हो! मेरा विरोध न उनके नाचने से है न पीने से," बोला, "मेरी आपत्ति तो यह है कि वे सड़क पर क्यों नाचते हैं? ट्रैफिक क्यों रोकते हैं।?"

"जनसंख्या बढ़ गयी है," वह बोला, "घर में नाचने को जगह नहीं है, इसलिए सड़क पर नाचते हैं। अब हम उन्हें इस सांस्कृतिक कार्यक्रम से भी रोक दें क्या?"

"नहीं। जो शराब पीकर सड़क पर नाचते हैं, उनका चालान मत करो; जो सड़क पर टेंट लगाकर ट्रैफिक रोकते हैं, उनका चालान मत करो। मेरा चालान करो, जिसकी गाड़ी संयोग से खराब हो गयी है।" मैं झल्लाकर बोला।

"तुम यह सिद्ध कर दो कि सड़क पर गाड़ी खराब होना भी संस्कृति का ही एक अंग है, तो हम तुम्हारा भी चालान नहीं करेंगे।" वह बोला, "अब और बहस मत करो, पर्ची थामो और जुर्माने के पैसे मेरे हवाले करो।"

मैं लाचार, और कर भी क्या सकता था।

प्याज़

रामलुभाया बहुत प्रसन्न था। उसकी बाँछें खिली पड़ रही थीं। पैर जमीन पर नहीं पड़ रहे थे।

"क्या बात है रामलुभाया!" मैंने पूछा, "बहुत प्रसन्न दिखायी पड़ रहे हो?"

"प्रसन्नता की तो बात ही है।" वह बोला, "भारतीय जनता पार्टी को वह पटकनी दी है कि क्या याद करेगी।"

"पर तुम तो कहते थे कि भारतीय जनता पार्टी तुम्हारी अपनी पार्टी है।" मैंने कहा, "फिर अपनी ही पार्टी को पटकनी देकर इतने प्रसन्न क्यों हो?"

"पार्टी तो वह आज भी अपनी ही है, पर उसने प्याज़ इतने महँगे क्यों कर दिये।" वह आवेश में बोला, "हमने कहा कि प्याज़ महँगे हो गये हैं तो नेताओं ने कह दिया कि प्याज़ मत खाओ। अब कोई प्याज़ के बिना भी जी सकता है क्या?"

"प्याज़ तुम्हारी पार्टी ने महँगे किये थे क्या?" मैंने पूछा।

"नहीं! पार्टी ने तो नहीं किये होंगे, पर पार्टी का राज था। हम तो यही मानेंगे कि उसमें पार्टी का ही दोष है।" वह बोला।

"प्याज़ सरकार ने महँगे किये?"

"नहीं! सरकार क्यों करेगी।" वह बोला, "सरकार को न प्याज़ खाने थे और न ही उसे बेचने थे। बाद में उसने बेचने का प्रबन्ध तो कर दिया। न सही तीन किलो, पर एक समय में दो किलो तो मदर डेयरी से मिल ही जाते हैं और भाव भी सस्ता ही है।"

"तो तुम मानते हो कि सरकार ने प्याज़ महँगे नहीं किये। महँगे हो गये तो उसका दाम स्थिर रखने के लिए, मदर डेयरी के माध्यम से सबको प्याज़ दिलवाये?"

"हाँ! यह तो किया।" उसने स्वीकार किया, "नमक का दाम भी एक दिन को बहुत चढ़ गया था, उसे भी अगले ही दिन सँभाल लिया।"

"तो इसका अर्थ है कि सरकार तो कुछ महँगा नहीं कर रही थी। जो कुछ महँगा हुआ, उसको रोकने का प्रयत्न कर रही थी।"

"हाँ! कुछ ऐसा ही है।" वह बोला।

"तो अब हम यह जानने का प्रयत्न करें कि महँगा कर कौन रहा था?"

"नमक तो हमारे पड़ोसियों ने ही महँगा कर डाला।" वह बोला, "पता नहीं सालों को क्या सूझा, बाजार जाकर दस-दस किलो नमक उठा लाये। अब बैठे रो रहे हैं कि इतने नमक का क्या करें। तब तो सोचा था कि नमक महँगा होगा तो बेचकर कुछ कमा लेंगे।"

"तो महँगाई रोकने के लिए क्या करना चाहिए?"

"अपनी जरूरत-भर ही खरीदना चाहिए।"

"तो जिस नेता ने कहा था कि प्याज़ मत खाओ, उसने यही तो समझाया था कि उपभोक्ताओं को बढ़ते दामों से लड़ना चाहिए। महँगाई से लड़ने का एक ही मार्ग है कि महँगी चीजों को खरीदने का उत्साह मत दिखाओ। नहीं तो व्यापारी अपना दाम बढ़ाता ही जायेगा।"

"हाँ! इस बार बाढ़-वर्षा के कारण भी प्याज़ की उपज अधिक नहीं हुई।" रामलुभाया के मन में बैठा किसान जाग उठा, "और बहुत सारा प्याज़ अधिकारियों ने सड़ा भी डाला।"

"क्यों?"

"सरकार को बदनाम करना चाहते होंगे।"

"इतना सब कुछ समझते हो, फिर भी सरकार गिरा दी?" मैंने कहा।

"क्या करें? हम तो यही जानते हैं कि प्याज़ के बिना जीवन कोई जीवन नहीं होता।" रामलुभाया उदास स्वर में बोला, "सरकार तो गिर गयी, पर अब प्याज़ तो खाने को मिलेगा।"

"नहीं रामलुभाया!" मैंने कहा, "कोई आवश्यक तो नहीं कि अब अधिक वर्षा न हो अथवा बाढ़ न आये। और फिर यदि एक राजनीतिक दल, कुछ व्यापारी और कुछ सरकारी अधिकारी मिलकर षड्यन्त्र रचकर प्याज़ महँगा कर एक सरकार गिरा सकते हैं, तो यही काम कोई दूसरा राजनीतिक दल, कुछ अन्य व्यापारी और कुछ अन्य अधिकारी मिलकर कोई और षड्यन्त्र रच सकते हैं। चीजें तो अब भी महँगी हो सकती हैं। यह मार्ग तो अब खुल गया है। तब क्या करोगे?"

"तब की तब सोचेंगे। अभी तो हम प्रसन्न हैं कि कुछ महीनों में प्याज़ मिलने लगेगा।"

"वह तो नयी फसल पर वैसे ही मिलना ही था।" मैंने कहा।

"उसकी प्रतीक्षा कौन करता।" रामलुभाया बोला, "पर यह तो मुझे भी बुरा लग रहा है कि हमने अपनी ही पार्टी की सरकार गिरा दी। लगता है महाराणा प्रताप की सरकार गिराकर हमने मानसिंह की सरकार बनवा दी।"

"जब सोचने-समझने की क्षमता न हो और प्याज़ इतने प्यारे हो जायें तो प्रताप वनों में घास की रोटियाँ खाने को बाध्य किया जाता है।" मैंने कहा, "फिर? मानसिंह के माध्यम से प्याज़ भिजवाकर विदेशी कम्पनियाँ और विदेशी सरकारें देश पर शासन करने भी आ जाती हैं।"

"तो क्या हुआ? प्याज़ तो मिलेगा न?"

"न केवल प्याज़ मिलेगा, तुम्हें ऐसा लगेगा कि तुम्हें प्याज़ के बोरे में बाँधकर किसी अँधेरे गोदाम में डाल दिया गया है जहाँ चारों ओर प्याज़ ही प्याज़ हैं।"

"यह तो बुरा हुआ।"

"बुरा तो है ही।" मैंने कहा, "जब महान् सिद्धान्तों और उच्च लक्ष्यों के स्थान पर मात्र छोटे-छोटे सुख अधिक महत्त्वपूर्ण हो जाते हैं तो ऐसा ही होता है। राजा को एक गोरी मेम की प्रसन्नता अपने देश से अधिक महत्त्वपूर्ण लगने लगे तो देश के लिए वह शुभ घड़ी नहीं होती।"

संकट

"हमारे प्रधानमन्त्री ने कहा है कि भारत को पाकिस्तान के खोजी विमानों से कोई खतरा नहीं है।" मैंने रामलुभाया को बताया।

"ठीक कहते हैं।" रामलुभाया पूर्णतः आश्वस्त था।

"तो फिर पाकिस्तान खोजी विमान भेजता ही क्यों है?" मैंने जिज्ञासा की।

"बच्चे कागज का विमान बनाकर उड़ाते क्यों हैं?" उसने मुझे घूरकर देखा।

"वह तो उनका खेल है।" मैंने कहा, "उसके बिना उनका मन नहीं लगता।"

"और यदि उनका विमान उड़कर तुम्हारे आँगन में आ गिरता है, तो क्या वे अपनी दीवार पर चढ़कर तुम्हारे आँगन में झाँकते नहीं कि विमान कहाँ गिरा है।"

"झाँकते हैं।"

"तो क्या उससे तुम्हारे लिए कोई खतरा पैदा हो जाता है?"

"नहीं तो!" मैंने तत्काल स्वीकार कर लिया, "ऐसा तो नहीं है। बस दीवार कच्ची न हो।"

"भारत की दीवारें कच्ची हैं क्या?" उसने पूछा।

"नहीं। ऐसा तो नहीं है। हमारी सेना सीमा पर खड़ी है। हमारी दीवारें कच्ची कैसे हो सकती हैं।" मैंने कहा।

"तो फिर घबराते क्यों हो?" उसने मुझे समझाया, "पाकिस्तान को भी एक बच्चा ही समझो। उसे अमरीका कोई पटाखा दे देता है, तो पाकिस्तान क्या करे। कहाँ छोड़े वह पटाखा। हम पड़ोस में हैं। हमारे ही आँगन में छोड़ देता है। यह भी कोई खतरों में से खतरा हुआ।"

मेरा ध्यान कहीं और चला गया। भोलाराम को जब हमारी बाड़ी में लगे फूल तोड़ने होते थे, वह अपने बच्चे की गेंद हमारे आँगन में फिंकवा देता था। जब वह अथवा उसके घर का कोई व्यक्ति हमारे आँगन से गेंद लेकर लौटता

तो साथ ही हमारे कुछ फूल भी कम हो जाया करते थे।

"क्या सोचने लगे?" रामलुभाया ने पूछा।

"सोचता हूँ कि कागज का विमान हो, अथवा गेंद, अथवा कोई पटाखा—पड़ोसी के घर से कुछ भी हमारे आँगन में गिरे, हमारी कोई-न-कोई क्यारी तो रौंदी ही जायेगी।"

"तुम तो मूर्ख हो।" रामलुभाया बोला, "एक क्यारी के पीछे हम पड़ोसी से झगड़ा कर लें। प्रेम अधिक महत्त्वपूर्ण है अथवा क्यारी? उसने क्यारी ही तो रौंदी है, हमारे खेत का पटा तो अपने नाम नहीं लिखवा लिया।"

मैं कुछ अटपटा गया। प्रेम से तो कुछ भी बड़ा नहीं था। मैं प्रेम की महिमा घटा नहीं सकता था। पर मेरा अपनी क्यारी के प्रति प्रेम भी कम नहीं था।

"प्रेम तो अपने स्थान पर ठीक है।" मैं कुछ घिसटकर बोला, "पर रामलुभाया। यदि पड़ोसी को किसी-न-किसी बहाने हमारी क्यारी नष्ट करने का अधिकार मिल गया तो हमारे आँगन में तो कभी कोई फूल नहीं खिलेगा।"

"तो हमको फूलों का अचार डालना है क्या?" वह मुझ पर झुँझलाया, "तुम लोग सुख-शान्ति से रह नहीं सकते। झगड़े का कोई-न-कोई बहाना चाहिए, तुम्हें तो।"

"नहीं रामलुभाया...।" मैं हकलाया।

"रामलुभाया क्या।" उसने मुझे चिढ़ाया, "अपने प्रधानमन्त्री को देखो। कैसी प्यार की मूरत हैं। किसी से भय नहीं खाते। उन्हें किसी से भय नहीं लगता। जो चाहे क्यारी ले जाये, जो चाहे कुआँ, वे किसी से झगड़ा नहीं करते।"

"पर उन्हें क्यों सामने खड़ा संकट दिखायी नहीं देता?"

"वे इस प्रकार के साधारण संकट देखते रहे, तो फिर रह लिये प्रधानमन्त्री।" रामलुभाया बोला, "अरे वे प्रधानमन्त्री हैं। उन्हें केवल अपनी सत्ता का संकट ही संकट लगता है। उन्हें तो अभ्यास है, खतरों से खेलने का। वे तो स्वयं संकट उत्पन्न करते रहते हैं। तुम देख नहीं रहे, वे कश्मीर को स्वायतता देना चाहते हैं।"

"उससे तो देश टूट जायेगा।"

"तो क्या हुआ।" रामलुभाया बोला, "प्रधानमन्त्री तो वे ही रहेंगे न!"

"प्रधानमन्त्री बने रहना अधिक महत्त्वपूर्ण है अथवा देश को अखंड रखना। अमरीका ने नागरिक युद्ध में अपनी जनसंख्या का इतना बड़ा भाग कटवा डाला किन्तु देश को विभाजित नहीं होने दिया।"

"ऐसे सोचते रहे तो कभी प्रधानमन्त्री नहीं बन सकोगे।" उसने मुझे समझाया, "प्रधानमन्त्री बनना बड़े कौशल का काम है। एक बार बन जाओ

तो बने रहना रस्सी पर साइकिल चलाने के समान है। जो आदमी सर्कस में रस्सी पर एक पहियेवाली साइकिल चला रहा हो, उसे ऊपर से नीचे गिर पड़ने के अतिरिक्त कोई खतरा दिखायी देता है क्या? वह चाहता है कि रस्सी और रस्सी पर उसकी साइकिल बनी रहे, तम्बू को चाहे आग लग जाये।"

"नहीं।" मैं बोला, "पर देश का प्रधानमन्त्री सर्कस का साइकिल चलानेवाला नट नहीं है।"

"नहीं है।" रामलुभाया बोला, "मैं तो तुम्हें बड़े और छोटे खतरे का अन्तर समझा रहा था।"

"वह ठीक है।" मैं बोला, "किन्तु तुम प्रधानमन्त्री से सहमत तो नहीं हो न कि पाकिस्तानी खोजी विमानों से भारत को कोई खतरा नहीं है?"

"नहीं वह तो कोई ऐसा संकट नहीं है।" रामलुभाया लापरवाही से बोला।

"क्यों?" मेरा मुख आश्चर्य से खुल गया।

"जब तम्बू को आग लगानेवाला ही सर्कस का प्रबन्धक हो जाये तो कुर्सी की चोरी का संकट भी कोई संकट है?" उसने मेरी ओर देखा।

मैं रामलुभाया से सहमत हो गया कि मुझे बड़े और छोटे संकट की कोई पहचान नहीं है।

श्रद्धांजलि

रामलुभाया इतना प्रसन्न था कि लगता था उसके दाँत मसूड़ों में नहीं, होंठों में से उग आये थे।

"क्या बात है रामलुभाया?" मैंने पूछा, "कोई विशेष बात लगती है।"

"बात तो विशेष ही है।" वह बोला, "जरा बूझो तो जानें।"

"मैं लाल बुझक्कड़ नहीं हूँ।" मैंने कहा, "तुम व्यर्थ ही जासूसी उपन्यास का-सा परिवेश बना रहे हो।"

"मेरे पोते का जन्मदिन हैं।" उसने निमन्त्रणपत्र मेरी ओर बढ़ा दिया।

"जन्मदिन अर्थात् जन्मदिन की वर्षगाँठ?"

"हाँ! हाँ! वही। तुम्हें तो बाल की खाल निकालने की आदत है।" वह बोला, "अंग्रेज भी तो बर्थडे ही कहते हैं।"

"तुम अंग्रेजों की सन्तान हो कि जो वे कहते हैं, तुम भी वही कहोगे। तुम अपनी भाषा में ठीक से अपनी बात नहीं कह सकते।"

"मैं तुमको निमन्त्रित करने आया हूँ।" उसने आँखें तरेरी, "तुमसे हिन्दी और अंग्रेजी पर शास्त्रार्थ करने नहीं आया हूँ।"

"ठीक है।" मैं बोला, "पर पोते के जन्मदिन पर मुझे क्यों बुलाने आये हो। वह सारा तो बच्चों का खेल होता है।"

"हाँ! होता तो बच्चों का खेल ही है किन्तु इस बार एक विशेष बात है। इसीलिए तुम्हारा होना भी आवश्यक है।"

"मुझे क्या करना है।" मैं बोला, "मुझे न तो वह बन्दरों जैसी टोपी पहननी अच्छी लगती है, न मैं केक काटना पसन्द करता हूँ और न ही मुझे 'हैपी बर्थडे...' गाकर नाचने-कूदने से किसी प्रकार की प्रसन्नता होती है।"

"नहीं! इस बार विशेष बात है।"

"क्या है?"

"हमें कारगिल के शहीदों को श्रद्धांजलि भी तो देनी है।"

"तो वर्षगाँठ के अवसर पर श्रद्धांजलि सभा होगी?"

"श्रद्धांजलि सभा क्यों होगी।" वह उग्र होकर बोला, "होगा तो बर्थडे ही,

पर शहीदों को श्रद्धांजलि भी दे देंगे।"

मैं फटी-फटी आँखों से उसे देखता रहा। वह श्रद्धांजलि का अर्थ भी जानता है? वह समझ भी रहा है कि वह क्या कह रहा है?...

"देखो न स्थान-स्थान पर सभाएँ हो रही हैं। हमने सोचा कि हम क्यों न्यारे रहें। हम भी कर लेते हैं श्रद्धांजलि सभा।" वह बोला, "मुन्ने का बर्थडे तो करना ही था। लोग इकट्ठे होंगे ही। मिठाइयाँ भी आयेंगी ही। गाना-बजाना भी होना ही है। तो फिर सोचना क्या। लगे हाथों श्रद्धांजलि भी कर ही डालते हैं।"

मेरे मुख से एक शब्द भी नहीं निकल पाया। वह अपनी योजना पर इतना प्रसन्न था, जैसे कोई बड़ी उपलब्धि हुई हो।

"पर श्रद्धांजलि सभा तो शोक सभा होती है।" मैंने कहा, "और तुम अपने पोते की वर्षगाँठ मना रहे हो।"

"तो क्या हो गया।" वह बोला, "सब मना रहे हैं। हम भी मना लेते हैं। दो मिनट मौन ही तो रखना है। दो भी कौन रखता है। एक ही मिनट में सब आँखें खोल देते हैं। इतना-सा कर देने पर यदि काम हो जाता है तो हम ही पीछे क्यों हटें। भई अब हम अपने समाज से न्यारे तो नहीं हो सकते। अब इन दिनों में बर्थडे मनायें और श्रद्धांजलि न दें, यह अच्छा नहीं लगता।"

"इतना कर देने से उन बलिदानियों के प्रति तुम्हारा दायित्व पूरा हो जायेगा?"

"वह सब तो मैं नहीं जानता, पर आजकल तो यही चलता है।" वह बोला, "इतने लोग कारगिल के नाम पर चन्दा माँगने आते हैं कि मैंने स्वयं भी एक सहायता कोष खोलने का निश्चय कर लिया है। उस दिन इतने लोग एकत्रित होंगे। सब मौज-मस्ती के मूड में होंगे। उन सबसे सौ-सौ रुपये वसूलने में क्या कठिनाई होगी। जब मैं स्वयं पैसे इकट्ठे करके सुरक्षा कोष में दूँगा, तो फिर मुझसे कोई क्यों माँगेगा।"

"यह तो कोई बात न हुई।"

"बात कैसे नहीं हुई।" वह बोला, "इससे पहले कि कोई आपसे माँगे, आप ही उससे माँग बैठिये। अपने पैसे भी बच जायेंगे और देश के प्रति आपका कर्तव्य भी पूरा हो जायेगा।"

अब मैं ऐसे अनोखे देशभक्त से कह भी क्या सकता था।

त्यागपत्र

"अटलबिहारी वाजपेयी को चाहिए कि आडवाणी को तो निकाल बाहर करें और स्वयं भी अपनी सरकार का त्यागपत्र राष्ट्रपति को आज ही सौंप दें।" रामलुभाया ने आते ही फरमान जारी कर दिया।

"कारण?" मैंने पूछा।

"तुम्हें मालूम नहीं, उड़ीसा में एक आस्ट्रेलियाई पादरी को उसके बेटों के साथ जीवित जला दिया गया है?" उसने कहा।

"बहुत बुरी बात है। जघन्य अपराध है। पर उसके लिए तो जलानेवालों को दंडित किया जाना चाहिए।"

"हाँ तो।" रामलुभाया ने मेरी ओर ताका।

"यदि सरकार ने त्यागपत्र दे दिया तो देश में चुनाव की प्रक्रिया आरम्भ हो जायेगी, हत्यारों को कौन पकड़ेगा?"

"हत्यारों को तो दंडित करना ही है, पर उससे अधिक महत्त्वपूर्ण तो सत्ता हथियाना है।" रामलुभाया मुस्कराया, "हम चाहते हैं कि उस घटना की नैतिक जिम्मेदारी भाजपा सरकार स्वीकार करे; और सत्ता छोड़कर परे हट जाये। नैतिक जिम्मेदारी तो सरकार की ही होती है न। इसमें कुछ नया नहीं है। सरकार को चाहिए कि अपनी असफलता स्वीकार करे और त्यागपत्र दे दे। हमारे दल को सत्ता में लाने में हमारी सहायता करे।"

"सफलता और असफलता का निर्णय तो कार्य करने का समय मिलने के बाद होता है। तुम वह समय ही सरकार को नहीं देना चाहते।"

"समय और अवसर देने में तो संकट है भाई!" रामलुभाया ने आँख मारी, "कहीं भाजपावाले सफल हो गये तो? नहीं, हम इतना संकट नहीं उठा सकते।"

"पर उड़ीसा में सरकार तो कांग्रेस की है। उनसे त्यागपत्र ले लिया क्या तुमने? नैतिक जिम्मेदारी पहले तो प्रदेश सरकार की है। प्रादेशिक सरकार कुछ न करे तो केन्द्र का दायित्व बनता है कि वह प्रदेश सरकार को दंडित करे।" मैंने कहा, "वैसे बिहार में कल पच्चीस आदमी भून दिये गये। बिहार की सरकार

से त्यागपत्र ले लिया तुमने?"

"यार, वे तो हिन्दू थे। गम्भीर मामला तो यह बनता है। यहाँ ईसाई मरे हैं। ..." रामलुभाया ने पैंतरा बदला, "और फिर इसमें प्रदेश सरकार क्या करेगी? यह तो अन्तर्राष्ट्रीय मामला है। यह सब तो केन्द्र की जिम्मेदारी है। प्रदेश में सरकार किसी की भी हो।"

"पर गुजरात के उस झगड़े में तो, जिसमें कोई मरा भी नहीं, तुम केशू भाई की सरकार का त्यागपत्र माँग रहे थे।" मैंने उसकी ओर देखा, "बाबरी मसजिदवाली घटना में तो प्रदेश ही नहीं, भारतीय जनता पार्टी की चार प्रदेशों की सरकार गिरा दी थी तुमने। तब तो केन्द्र से किसी ने त्यागपत्र नहीं माँगा। तुम्हारे तर्क से तो इस घटना के लिए देश में कांग्रेस की सारी सरकारें गिरा दी जानी चाहिए। जो कुछ बिहार में हुआ है और हो रहा है, उसके लिए तो तुम कर्नाटक की सरकार भी गिरा दोगे, क्योंकि जनता दल और राष्ट्रीय जनता दल में नाम का कुछ साम्य है।"

"बेकार की बात।" रामलुभाया बिगड़ उठा, "हत्या करें संघवाले और सरकार कांग्रेस की गिरे।"

"पादरी की हत्या संघ ने की है, यह प्रमाणित हो गया?" मैं चकित रह गया।

"कांग्रेसवाले तो यही कह रहे हैं।" वह पूर्णतः आश्वस्त था।

"कांग्रेस के एक अध्यक्ष सीताराम केसरी ने तो यह भी कहा था कि राजीव गाँधी की हत्या संघवालों ने की थी। दिल्ली के चुनाव से पहले समता पार्टी के प्रत्याशी की हत्या हुई थी तो कांग्रेस के साथ समता पार्टीवाले भी कहने लगे थे कि उसकी हत्या साहब सिंह वर्मा ने करवाई है। पर हत्यारा कौन निकला?"

"उससे क्या हुआ।" रामलुभाया अपने स्थान से पीछे खिसक गया, "जहाँ भी लोग मरते हैं, उसका कारण संघवाले ही होते हैं।"

"मुझे आश्चर्य है कि तुम यह नहीं कह रहे कि कल कोलम्बिया में जो भूचाल आया है, उसमें मरनेवाले एक सहस्र लोगों की हत्या संघवालों ने की है।"

"उसे छोड़ो। यह तो मानना ही पड़ेगा कि हत्यारे हिन्दू हैं। मेरा सिर तो लज्जा से झुक जाता है। हिन्दू होने के कारण मुझे अपने-आपसे ही घृणा हो रही है।"

"तो तुम घृणा को जीतने का प्रयत्न करो। तुम्हारे पास इतनी घृणा है कि तुम स्वयं अपने-आपसे भी घृणा ही कर सकोगे। जब पूँजी ही घृणा की हो तो किसी को प्रेम कहाँ से दे सकोगे।"

"बात हिन्दुओं की आयी तो बहकने लगे।" वह मुस्कराया।

"ओह! बात हिन्दुओं की है।" मैं बोला, "मैंने समझा कि तुम हत्यारों की बात कर रहे हो।"

"एक ही बात है।" वह बोला, "हिन्दू हत्यारे हैं। मैं लज्जा के कारण सिर नहीं उठा पा रहा।"

"हिरोशिमा और नागासाकी में लाखों लोगों को जीवित जलाने और उनकी अगली पीढ़ियों को पंगु कर देनेवाले ईसाइयों को तो आज तक लज्जा नहीं आयी। वे तो आज भी ईराक पर प्रतिदिन मिसाइलें दाग रहे हैं और निर्दोष लोगों को मार रहे हैं।" मैंने कहा।

"तुम्हारा तो दिमाग खराब है।" वह बोला, "इसमें ईसाई कहाँ से आ गये। यह सब तो अमरीका ने किया और वही कर रहा है। और फिर वहाँ तो दो देशों की लड़ाई थी।"

"यह भी तो एक व्यक्ति ने किया। हद से हद एक समूह ने किया। हो सकता है कि यह भी दो सम्प्रदायों की लड़ाई ही हो। सम्भव है कि उस पादरी और हत्यारे का कोई व्यक्तिगत या स्थानीय झगड़ा हो।"

"जो भी हो। मारा तो हिन्दुओं ने है; और ईसाइयों को मारा है। उनका अपराध किसी तर्क से कम नहीं हो सकता।"

"किसी का अपराध कम करने का प्रयत्न भी नहीं कर रहा मैं।" मैंने कहा, "तुम एक अपराधी के अपराध को संसार के सारे हिन्दुओं पर थोप रहे हो—मैं तुम्हारा ध्यान इस ओर दिला रहा हूँ।"

"मैं तो एक ही बात जानता हूँ कि हिन्दुओं ने ईसाइयों को जलाया है।" वह अपनी बात पर अड़ा रहा।

मैं जानता था कि कुतर्क पर अड़ना उसका स्वभाव है।

"क्या सारे हिन्दुओं ने सारे ईसाइयों को जला डाला? संसार में कोई ईसाई बचा भी है?"

"नहीं! पर मारनेवाले हिन्दू हैं, इससे इंकार तो नहीं किया जा सकता।"

"वैसे इंकार तो इससे भी नहीं किया जा सकता कि जापान में एटम बम गिरानेवाले भी ईसाई थे। कोरिया, हिन्द चीन, वियतनाम और ऐसे ही कितने देशों में सहस्रों लाखों लोगों को मारनेवाले ईसाई ही थे। प्रथम और द्वितीय महायुद्ध का आरम्भ भी ईसाइयों ने ही किया था। उनका सिर तो आज भी लज्जा से नहीं झुका और न ही किसी ने उन्हें इसका दोषी माना है। यह हमारे यहाँ ही क्यों होता है कि एक अपराधी का अपराध सारे हिन्दुओं पर मढ़ दिया जाता है।"

"तो हत्यारों को क्षमा कर दें?"

"क्यों? हत्यारों को क्षमा क्यों करो। हत्यारों को तो दंडित होना ही चाहिए, चाहे वे बिहार के हत्याकांडों के हत्यारे हों, चाहे वे पंजाब और दिल्ली के हत्यारे हों, चाहे वे कश्मीर में हत्याएँ करनेवाले हों, चाहे वे नागालैंड, मिजोरम, असम और पश्चिमी बंगाल के हत्यारे हों। हत्यारे को तो हत्यारे के रूप में दंडित होना चाहिए। उसका हिन्दू, मुसलमान या ईसाई होने का कोई अर्थ नहीं है।"

"यह तो मानते हो न कि यह बुरी बात है।"

"कौन नहीं मानता। यह उतना ही बुरा है, जितना जहानाबाद का हत्याकांड है, जितना केरल और आन्ध्रप्रदेश में मार्क्सवादियों द्वारा अन्य दलों के लोगों की हत्या है। अन्तर यह है कि तुम केवल इसको बुरा मान रहे हो, अनुपात से बहुत अधिक बढ़ा-चढ़ाकर देश में घृणा के बीज बोकर सत्ता का खेल खेल रहे हो। शेष स्थानों के हत्याकांड तुम्हें दिखायी ही नहीं देते। तुम्हारी आँखों पर एकरंगी ऐनक चढ़ी है।"

"अरे उन हत्याकांडों को छोड़ो। वे तो भारतीय लोग हैं।" रामलुभाया बोला, "इसकी बात और है। यहाँ मरनेवाले विदेशी हैं। मामला गम्भीर है।"

"अभी तो तुम कह रहे थे कि वह ईसाई था।"

"हाँ! ईसाई भी और विदेशी भी।"

"अच्छा!" मैंने कहा, "मृतक की पत्नी तो कह रही थी कि भारत उसका देश है। क्या उस विदेशी ने किसी भारतीय नारी से विवाह किया था?"

"नहीं! वह भारतीय नारी नहीं है, पर वह ठीक कह रही है। कह रही है तो हमें उसे भारतीय ही मान लेना चाहिए। विदेशी लोग झूठ नहीं बोलते। अमरीका की नागरिकता के लिए कोई झूठ बोले तो बोले, भारत की नागरिकता के लिए कोई क्यों झूठ बोलेगा।"

"वह भारतीय है तो आस्ट्रेलियाई दूतावास के अधिकारी इस मामले में अपनी टाँग क्यों अड़ा रहे हैं?"

"ओह हो। उस महिला ने कह दिया तो क्या हो गया। आखिर तो वे आस्ट्रेलियाई ही हैं।" रामलुभाया बोला, "भारत को वह अपना घर कह रही है, पर है तो वह आस्ट्रेलिया की नागरिक ही। इससे तो हम इंकार कर ही नहीं सकते।"

"तो वह विदेशी हमारे देश में क्या कर रहा था?"

"हिन्दुओं को ईसाई बना रहा था।" रामलुभाया बोला, "उसके देश ने उसे इसी काम के लिए भेजा था। वह अपने देश की आज्ञा का उल्लंघन तो नहीं कर सकता था न। आखिर वह राष्ट्रभक्त था। उसके देश और धर्म में दूसरों

का धर्म-परिवर्तन ही समाज सेवा है। वह उसकी आजीविका भी थी। हम किसी के पेट पर लात तो नहीं मार सकते न। न हम उसे अपने देश और धर्म के सिद्धान्तों के विरुद्ध काम करने को कह सकते हैं।" वह कुछ रुककर बोला, "और फिर अपने देश में धर्मान्तरण कोई अपराध तो नहीं है।"

"नहीं! अभी तक तो नहीं है।" मैंने कहा, "वैसे अभी तक बहुत सारे राष्ट्रीय और मानवीय अपराध हमारे शासकों को अपराध नहीं लगते।"

"क्यों?" उसने बहुत अबोध भाव से पूछा।

"क्योंकि उनमें से बहुतों का धर्मान्तरण तो स्वतन्त्रता से पहले ही हो चुका था। उनमें से कुछ ने सत्ता राक्षसी का धर्म स्वीकार कर लिया था, कुछ ने धन पिशाच का। देश का हित कौन सोचता, उन्हें देश से भी अधिक प्यारी थी अपनी सत्ता।"

रामलुभाया को मेरी बात अच्छी नहीं लगी। अपने देश में प्रायः पढ़े-लिखे लोगों को ऐसी बातें अच्छी नहीं लगतीं। अपने यहाँ पढ़ने-लिखने का अर्थ ही है, देश के हितों के विरुद्ध जाना। अंग्रेजी पढ़ना और अंग्रेजों का गुण गाना। ऐसे में रामलुभाया यही दिखाता है कि या तो मैंने कुछ कहा ही नहीं है, या फिर उसने कुछ सुना नहीं है।

"तो फिर जो भूल हमसे हो गयी है, हमें उसका प्रायश्चित्त करना चाहिए। क्षतिपूर्ति समझते हो न?"

"हाँ! क्यों नहीं। उन हत्यारों को उनके अपराध के लिए दंडित करना चाहिए।"

"नहीं! मैं यह नहीं कह रहा।"

"तो क्या कह रहे हो तुम?"

"हमें ईसाई प्रचारकों की सहायता करनी चाहिए। हिन्दुओं को ईसाई बनाने में उनके साथ सहयोग करना चाहिए। उनके साथ ऐसा कोई अनुबन्ध करना चाहिए कि हम उनके हितों की रक्षा करेंगे। अनुबन्ध याने एग्रीमेंट।" उसने मेरी ओर इस प्रकार देखा, जैसे पूछना चाह रहा हो कि मैं कुछ समझ भी रहा हूँ या नहीं।

"क्यों?"

"उससे मरनेवाले की आत्मा को शान्ति मिलेगी। आस्ट्रेलिया भी हमसे प्रसन्न हो जायेगा; और ईसाई जगत् तो इसे अपनी विजय ही मानेगा। सम्भव है, वह हमें क्षमा कर दे।"

मैं रामलुभाया की बुद्धि पर चमत्कृत रह गया। पूछा, "और?"

"संघवालों को पकड़कर जेल में डाल देना चाहिए, जैसे एमरजेंसी में डाला था।" वह बोला, "तब इन्दिरा गाँधी थीं, वे समझदार महिला थीं। अब सोनिया गाँधी भी वैसी ही समझदार हैं। हम उन्हें सत्ता सौंप दें तो ईसाई लोग परम प्रसन्न होंगे। सारा झगड़ा ही मिट जायेगा। झगड़ा तो सत्ता का ही है न!"

"क्यों? संघवालों ने क्या अपराध किया है?" मैंने कहा, "देश के शुभचिन्तक तुम्हें अपराधी लगते हैं और विदेश से आकर हमारे देश को नष्ट करने का प्रयत्न करनेवाले पादरी देवदूत?"

"संघवाले कारागार के ही योग्य हैं। वे हिन्दुओं को भड़काते रहते हैं।" रामलुभाया बोला, "जब तक संघवालों ने हिन्दुओं को भड़काया नहीं था, पादरी लोग कितनी शान्ति से लाखों हिन्दुओं को ईसाई बना चुके थे और बना रहे थे। वे लोग दंगा-फसाद तभी करते हैं, जब उनको हिन्दुओं को ईसाई बनाने से रोका जाता है, नहीं तो मुस्कराते रहते हैं। किसी के सामने से उसकी रोटी छीनोगे तो वह तुम्हें कुछ नहीं कहेगा क्या? वे लोग अपने काम में बहुत पटु हैं। संघवालों को बन्द कर दो। हिन्दुओं को भड़कानेवाला कोई नहीं रहेगा और लोगों को ईसाई बनाने में पादरियों को सुविधा हो जायेगी। बडी शान्ति से सारा काम निबट जायेगा। चारों ओर भाईचारा दिखायी पड़ेगा। ओम् शान्ति शान्ति शान्ति!"

"पादरी को यह स्वतन्त्रता हो कि वह हिन्दुओं को ईसाई बनाये और हिन्दुओं को यह अधिकार भी न हो कि वे अपने लोगों को बता सकें कि उनके विरुद्ध क्या षड्यन्त्र रचा जा रहा है।"

"बतायें। बताने से कौन रोक रहा है। पर वे लोग तो उस क्षेत्र में अपने विद्यालय खोलने लगते हैं, मन्दिर बनाने लगते हैं, जहाँ हिन्दुओं को उनके धर्म के विषय में भी बताया जाता है। इससे ईसाई बनाने की प्रक्रिया में बाधा पड़ती है भाई।"

"तो पादरी चर्च नहीं बनाते? स्कूल नहीं खोलते? स्कूल हैं या हिन्दुओं को ईसाई बनाने के कारखाने?"

"क्या फर्क पड़ता है यार," रामलुभाया उकताकर बोला, "कोई हिन्दू हो या ईसाई हो जाये। हम सेकुलर लोग हैं।"

"जब कोई फर्क ही नहीं पड़ता तो हिन्दुओं को हिन्दू ही क्यों नहीं रहने देते, जो वे शताब्दियों से हैं?"

"पादरियों को वह अच्छा नहीं लगता। यदि वे हिन्दुओं को ईसाई नहीं बनायेंगे तो कयामत के बाद उन्हें स्वर्ग में सीट नहीं मिलेगी न। उनकी मजबूरी समझो। उन्हें स्वर्ग में जाना ही है। उनकी सहायता करो स्वर्ग के भीतर प्रवेश

पाने में।" रामलुभाया बोला, "दूसरों की सहायता करना ही हिन्दुओं का धर्म है। वैसे भी हिन्दू शान्तिप्रिय लोग हैं। वे दंगा-फसाद करें, यह अच्छी बात नहीं है। देश में शान्ति बनी रहनी चाहिए, चाहे सारे ही हिन्दू ईसाई क्यों न बन जायें। ओम् शान्ति शान्ति शान्ति!"

"देश में शान्ति तो बनी रहनी चाहिए।" मैंने कहा, "पर वह अपराधियों को दंडित करने से होगी, न्याय की स्थापना से होगी; या हिन्दुओं को ईसाई बनाने से होगी? वास्तविक कारणों को खोजकर उनका उपचार करो रामलुभाया! तुम देश को शान्ति के मार्ग पर नहीं ले जा रहे। जो प्रस्ताव तुम कर रहे हो, उससे तो मुझे लगता है कि तुम इस देश में किसी बहुत विराट रक्तस्नान की तैयारी में लगे हो।"

❑❑❑